unterwerfen

Symphonie
Der
Unterwerfung
-Teil Drei-

CD Reiss

Aus dem Englischen von Franziska Popp

Copyright © 2013, 2015
Alle Rechte vorbehalten. Dieses Buch darf ohne Einverständnis weder reproduziert, gescannt oder in irgendeiner Art, ob elektronisch oder gedruckt, verkauft werden.
Dies ist eine erfundene Geschichte. Alle Ähnlichkeiten zu Begebenheiten des wirklichen Lebens oder zu real existierenden Persönlichkeiten, sind ein Zufall.
Umschlaggestaltung: von der Autorin entworfen
ISBN-10: 1942833164
ISBN-13: 9781942833161

eins

Ich fand mich zwischen Jonathans Eingangstür auf meinen Händen und Knien wieder, meine Handflächen im Haus, meine Knie auf der Terrasse. Sein trockener, nach Nebel am Morgen und salbeiduftender Geruch umhüllte mich. Die Luft war kühl genug, um mit anzusehen, wie sich meine Nippel aufrichteten, auch während die Sonne auf meinen Rücken knallte. Ich wollte meine Brüste berühren, aber das würde ich nicht, denn mir war gesagt worden, dass es mir nicht erlaubt war, meine Hände vom Boden zu entfernen. Ich folgte dieser Anweisung, auch wenn ich nicht ganz verstand warum. Meine Fotze war feucht. Ich fühlte das Gewicht meiner Erregung zwischen meinen Beinen hängen, wie bei einem Schwengel an einer Glocke, schwer und schwingend.

Ich wollte Jonathan, aber er war irgendwo hingegangen und hatte mich hier in diesem Zustand zurückgelassen. Ich wollte meine Beine zusammenpressen, um meine schmerzende Klitoris zu befriedigen, aber mir war gesagt worden, dass ich meine Beine gespreizt halten musste.

unterwerfen

Eine Stimme rief meinen Namen. Darren. Dann Gaby. Gott, nein. Die beiden konnten nicht hier sein, bevor Jonathan nicht mit mir fertig war.

Dann fühlte ich seinen Schwanz, wie er sich gegen mich presse, seine Hände auf meinen Hüften. Ich hatte nicht einmal eine Sekunde, um aufzukeuchen, bevor er sich in mich presste, hart genug, um blaue Flecken auf mir zu hinterlassen. Der Schmerz war das Gegenstück zu der Lust, ließ alles süßer erscheinen, feuchter, heißer. Ich bewegte mich mit ihm, stieß seinem Schwanz entgegen. Er hob meine Hüften hoch, drückte meinen Rücken nach unten und massierte meine Klitoris. Ich stand kurz davor zu explodieren, stöhnte und schrie, als ich einen Spiegel im Haus bemerkte, den ich zuvor noch nie gesehen hatte, und Jonathan fickte nicht mich, sondern Gabby. Sie stöhnte und die Bettfedern quietschten.

Ich wachte schweißgebadet auf. In dem Zimmer, das an meine Wand angrenzte, quietschte das Bett, und Gabby ließ die Nachbarschaft wissen, dass Theo das Leben aus ihr heraus vögelte. *Einfach super.*

Ich befand mich im Moment nicht gerade in einem emotional stabilen Zustand. Vor zwei Tagen hatte mich Jonathan mit dem Versprechen verlassen, dass er mir treu sein würde. Und mit einer geschwollenen Knospe zwischen meinen Beinen, von der ich geschworen hatte, sie nicht zu berühren. Einen Tag später war seine Ex-Frau bei meiner Arbeit aufgetaucht, anscheinend nur, um mir zu sagen, dass er sie die Nacht zuvor so hart gefickt hatte, dass er ihr Handgelenk gebrochen hatte.

Und obwohl er wahrscheinlich ein verlogenes Arschloch war, hielt ich mein Versprechen, meinen Orgasmus für ihn aufzubewahren. Das werde ich auch, bis ich ihn abservieren würde, nur um danach sofort in das nächstgelegene Badezimmer zu rennen, um mich zu erleichtern.

Theo kam mit einem schottisch akzentuierten Grunzen zum Ende. Gott sei Dank. Ich war mir nicht sicher, ob ich mich unwohl oder angeturnt fühlen sollte. Die beiden in der Küche zu treffen, für meinen Morgentee, würde merkwürdig werden.

Ich ging ins Badezimmer, um zu duschen und mich anzuziehen. Danach verließ ich das Haus durch die Hintertür, damit ich niemandem Guten Morgen sagen müsste.

Ich fühlte mich ständig kurz davor, jemanden beleidigen zu müssen. Ich war auf das Stuhlbein wütend geworden, gegen das ich mit meinem Zeh gestoßen war. Auf den Verkehr in Los Angeles war ich immer wütend. Entweder fraß er deine gesamten Lebensunterhaltskosten auf oder er schien wie eine Attacke eines rachelustigen Gottes. Vor allem war ich wütend auf mich selbst. Ich wusste, dass ich nicht fähig war eine funktionierende Beziehung zu führen, weil ich zu konzentriert darauf war, die Bedürfnisse meines Partners zu erfüllen, dass ich mich dadurch selbst verlor. Außerdem war ich nicht in der Lage etwas Zwangloses mit jemandem zu haben, da ich den Gedanken daran, dass die andere Person im gleichen Zeitraum mit anderen Frauen rumvögelt, einfach nicht ertragen konnte. Meine einzige Alternative war Enthaltsamkeit, eine perfekte und umsetzbare Option, aber ich hatte eine gute, sexlose Phase durchbrochen, um mit Jonathan etwas anzufangen. Also steckte ich fest. Unsere Beziehung war zu ernst geworden, um einfach alles zu vergessen und nach vorne zu schauen, und zu zwanglos, um mich über den Fakt aufzuregen, dass er seine Ex-Frau gebumst hatte. Ich war ein Idiot. Ein verdammter Idiot.

Ich stieg ins Auto und bemerkte erst da, dass ich noch kein Make-up aufgetragen hatte. Ich sah in den Rückspiegel. Brauchte ich überhaupt welches? Schließlich war ich ja nur auf dem Weg zu meinem Ex, Kevin. Wenn ich ohne Make-up zu ihm gehen würde, wäre das ein Zeichen dafür, dass ich nicht versuchte, ihn zu beeindrucken, dass ich ihn nicht zurück wollte. Ich wollte mich nur unterhalten und ich brauchte keinen Lippenstift auf meinem Mund, um meine Ohren funktionsfähig zu machen. Ich brauchte keinen Mascara, um zu sehen, ob ich verrückt war, ihn jemals geliebt zu haben.

Kevin hatte zu Beginn im Zentrum der Stadt gewohnt, aber als der Markt für Gebäude zur gewerblichen Nutzung explodiert war, hatte sich seine Miete verdreifacht. Deswegen hatte er aufgegeben und sich eine Wohnung auf dem Stück Land zwischen dem Dodger Stadium und dem LA River gesichert, das Frogtown genannt wurde. Vier Monate bevor ich ihn verlassen hatte, hatte ich ihm geholfen dort einzuziehen. Das Gebäude hatte sich inzwischen drastisch verändert. Die zerstörte Ziegelsteinfassade hatte sich von einem rußverkrusteten Dunkelrot in ein buntes Wandgemälde umgewandelt, das von einer Ecke zur anderen ein junges Mädchen zeigte, dass in die Eingangstür lunzte, als wäre diese der Eingang zu ihrem Puppenhaus. Die Seite des Gebäudes war auf eine Art und Weise gestrichen worden, dass es so wirkte, als wäre die Wand durchsichtig, mit Bäumen und Gebäuden darauf abgebildet, die zu der Umgebung des LA River passten, so wie in einem *Road Runner* Cartoon, wenn der Vogel einen kurzen Abschnitt einer Straße perspektivisch auf eine Ziegelsteinwand zeichnete.

Das waren nicht Kevins Arbeiten. Das Mädchen, das in die Richtung der Eingangstür schaute, war definitiv Jacks Stil. Die Sache im Stil eines *Trompe-l'oeil* an der Seite sah nach Geraldine Stark aus, eine seiner Bekannten. Sie war eine recht erfolgreiche Sau in der Kunstszene und ich wunderte mich nun, ob Kevin sie wohl mal gebumst hatte.

Ich klingelte an der Tür. Ich wartete. Ich klingelte erneut. Wartete. Das wäre so typisch für ihn, mich erst anzuflehen, dass ich vorbeikomme, nur um plötzlich dermaßen von etwas anderem abgelenkt zu sein, dass er nicht an die Tür gehen konnte. Gott, Männer waren Katastrophen. Jeder einzelne von ihnen.

Die Tür öffnete sich schließlich und ich stellte mich aufrechter hin, damit er nicht sehen konnte, wie genervt ich noch vor einer Sekunde mit ihm war.

»Monica«, sagte er. »Du bist gekommen.«

»Das habe ich doch gesagt.«

Er grinste sein umwerfendstes Grinsen, ließ seine fast geraden Zähne durch einen halbmondförmigen Bereich zwischen seinen pinken Lippen durchblitzen. Ein Farbton, die Gott selbst als Vorlage benutzt haben musste, um Perfektion in einem Gesicht zu verwirklichen. Ich erinnerte mich, wie es war, diese Lippen zu küssen. Ich erinnerte mich daran, wie sie über die Innenseite meiner Schenkel gewandert waren, mein Geschlecht leicht gestreift hatten und wie sie dann als Buchstütze für seine flatternde Zunge gedient hatten.

»Komm rein«, sagte er, als er zur Seite trat.

»Danke.« Ich umschloss den Riemen meiner Tasche auf meiner Schulter, damit ich mich an etwas festhalten konnte, sobald ich seinen Duft, bestehend aus Malz und Schokolade, wahrnahm. Jonathan hatte mich mit einem pochenden und schmerzenden Gefühl der Begierde zurückgelassen, unerfüllt, weil er glaubte, dass es mich an ihn erinnern würde; allerdings konnte er nicht wissen, wie gefährlich das war. Eine Person, die sich weniger unter Kontrolle hätte als ich, hätte alles angesprungen, was nicht bei drei auf dem Baum gewesen wäre.

Der Flur war eng und mein Körper streifte seinen, als ich versuchte an ihm vorbeizulaufen, um eintreten zu können. Er schloss die Tür hinter mir mit einem metallischen Klicken. Als ich den Gang entlang lief, kam ich an mehreren Türen vorbei. Am Ende öffnete sich der Flur in eine weitflächige Fabrikhalle mit zwölf Meter hohen Decken und einem Zementboden, den er selbst gegossen hatte. Hüfthohe Tische standen überall im Raum verteilt. Das Muster wirkte zufällig, war es aber nicht. Sie waren eine Nachahmung von Kevins Entwicklung. Jeder Tisch war unerreichbar, wenn man nicht zuvor einen bestimmten Schritt unternommen hatte. Auf diese Weise konnte jedes Mal eine visuelle Geschichte, an was er auch immer im Moment arbeitete, von Beginn an erzählt werden. Das Muster würde für einen Außenstehenden niemals Sinn machen, aber in seinem Verstand brachte es alle seine bisherigen Installationen zusammen.

»Kann ich dir irgendetwas anbieten? Tee?« Er wirkte in diesem weitläufigen Raum winzig. Sein weißes T-Shirt wirkte unbedeutend und schlicht. »Ich habe eine Küche eingebaut.«

»Wow«, sagte ich. »Kann ich sie sehen?«

Er führte mich ans hintere Ende des riesigen Raumes, vorbei an den Tischen, entlang eines Weges, den er extra dafür eingerichtet hatte. Die Küche hatte Fenster, die aus

Glasblöcken bestanden, und eine Wand, die mit Bildern aus Magazinen bedeckt war, die Essen zeigten und mit samtigen Pins angebracht worden waren. Der Aufbau war in Weiß gehalten, mit Akzenten hier und da, wie zum Beispiel Stickern, die mit Bedacht platziert worden waren oder einer andersartigen Fliese in einer unwirklichen Farbe, die eine Person, die keinen exquisiten Geschmack hatte, versaut hätte.

»Ist grüner Tee okay?«, fragte er, als er seine Hand nach einer Box ausstreckte, die hoch oben auf einem Regal stand. Sein T-Shirt rutschte nach oben und entblößte den Weg von dunklem Haar auf seinem Bauch und ich erschauerte, als ich mich daran erinnerte, wie ich diesen Bereich immer berührt hatte.

»Klingt gut.«

Er stupste die Box an und sie fiel, sprang über seine Fingerspitzen. Er fing sie auf und lächelte wie ein Shortstop, ein Spieler im Baseball, der zwischen der zweiten und dritten Base platziert war und gerade einen Ball gefangen hatte. Er hielt einen Kochtopf unter den Wasserhahn und bis er diesen auf dem Ofen hatte, bemerkte ich, dass er mich, seitdem wir in der Küche angekommen waren, nicht einmal angesehen hatte.

»Also«, sagte ich, als ich mir einen Chromstuhl, der eine Sitzfläche aus Kunstleder besaß und im Stil der Fünfziger Jahre entworfen war, heranzog, »was zur Hölle hast du dir mit der Kohlebergwerk-Scheiße gedacht?«

Ich sah nur seinen Rücken, aber ich konnte deutlich erkennen, wie sich seine Muskeln anspannten. Seine Schulterblätter näherten sich an und er schaute zur Decke hoch, als versuchte er, Kraft aus dem Himmel zu schöpfen.

Er drehte seinen Kopf ein wenig, um mir zu antworten. »Ich habe mir im letzten Jahr, seitdem ich angefangen habe, an diesem verfluchten Ding zu arbeiten, so ziemlich alle Möglichkeiten durch den Kopf gehen lassen, wie du darauf reagieren würdest.«

»Hast du jemals daran gedacht, mir einen Brief zu schreiben und mich zu fragen, was ich davon halten würde?«

Er drehte sich vollständig um und verschränkte seine Arme über der Brust. Sein Bizeps war von dem ganzen Aufbauen, Hämmern und Klettern hart und definiert. Kevins Arbeit in der Galerie war bewegungslos, aber in der Herstellung sehr physisch. »Ja, aber ehrlich gesagt, Monica, sobald ich mich dazu entschieden hatte, dieses Stück herzustellen, war das, was du denkst, irrelevant. Es ging nicht um dich.«

Natürlich ging es das nicht. Meine Sachen, meine Worte und unsere Intimität waren sein Eigentum und er machte damit, was er wollte. Es war, als wäre ich niemals fortgegangen. Ich wusste nicht, was ich mir dabei gedacht hatte, hierher zu kommen. Er war noch immer derselbe Kevin.

Als ob er meine Gedanken lesen könnte, lockerte er seine Schultern und seine Hände fielen zu seinen Seiten. »So meinte ich das nicht«, sagte er.

»Yeah.«

»Was denkst *du* darüber?«

»Ich bin wirklich angepisst, dass ich die Jeans zurückgelassen habe.«

Er lächelte wieder; ein kaum hörbares, leises Lachen fiel von seinem perfekten Mund. Sein Blick fand den Boden, schwarze Wimpern, die bei der fluoreszierenden Beleuchtung blau schimmerten. Ich wünschte, dass ich ihn nicht ansehen müsste. Er verwirrte mich.

»Es gab noch andere Dinge«, sagte er. »Es ist mir wirklich schwer gefallen, mich zu entscheiden, was ich reinpacke.«

»Hast du eine von den Damenbinden vergessen?«

»Oh, Monica. Immer einen Witz parat, sobald du dich unwohl fühlst.«

»Wenigstens flirte ich nicht.«

Zum ersten Mal schaute er mir jetzt in die Augen und der Blick dauerte lange genug, dass ich anfing auf dem Stuhl hin- und herzurutschen. Ich wandte den Blick ab.

»Das habe ich verdient«, sagte er. »Kann ich dir jetzt zeigen, weshalb ich dich gebeten habe, zu kommen?«

Ich stand auf und machte die Kochplatte unter dem Teewasser aus. »Ja.«

Wir schlängelten uns in diesem großen Raum wieder an den Tischen vorbei. Die meisten schienen leer, als hätte er den Bestand gerade irgendwo ausgestellt, aber als ich vorbeilief, erkannte ich Aktbilder, die mit Kohlestiften oder Kulis gezeichnet worden waren: Männer und Frauen, manche allein, andere waren skizzierte Vereinigungen. Es waren Illustrationen, von dem, was in seinem Kopf vorging. Und in meinem.

Die Wand, die gegenüber von der Vorderseite lag, hatte eine Reihe an Türen und falls sich das nicht verändert hatte, dann waren die Räume dahinter dazu gedacht, Entwürfe seiner Installationen zu beherbergen. Er öffnete eine und machte das Licht an.

Der Raum hatte keine Fenster, und eine ähnliche Größe wie der Raum in der Finsternis-Show. Er zeigte ein Chaos. Eine gesteppte Decke hing an einer Wand, ein Tisch mit weiteren pornografischen Skizzen stand an der anderen Wand. Boxen über Boxen bedeckten den Boden.

»Was schaue ich mir hier gerade an?«, fragte ich.

»Einen frühen Entwurf. Aber ich hatte mit einem Objekt wirklich so meine Probleme, weil ich mir gedacht habe, dass ich es wahrscheinlich zurückgeben sollte, aber dann wurde ich wieder wütend auf dich und hätte es fast verbrannt. Ich hatte den Grill im Garten bereits angezündet gehabt, aber ich konnte es nicht durchziehen.«

»Was ist es?«

Er griff zwischen zwei Boxen und zog einen Hartplastikkoffer mit einem Henkel heraus. Ich bemerkte den pink-roten Dirty Girls Sticker in der Nähe des Verschlusses.

»Meine Viola!« Ich streckte meine Hände aus und er überreichte sie mir. Dann räumte er ein paar von seinen Skizzen weg, damit ich sie auf den Tisch legen konnte. »Ich habe schon gedacht, dass ich sie letztes Jahr, als ich meine Eltern in Castaic besucht habe, vergessen habe.«

»Yeah. Sie war im Kofferraum. Ich..ähm….« Er fuhr sich mit den Fingern durch die Haare. »Ich wollte nicht, dass du für mich spielst. Es hat mich davon abgebracht, rational über dich nachdenken zu können.«

Die Dinge standen schon nicht besonders gut, bevor ich ihn verlassen hatte. Ich hatte aber nicht ahnen können, dass es für ihn genauso offensichtlich gewesen war wie für mich. Ich öffnete den Koffer. Meine Viola lag drin, genauso wie ich sie verlassen hatte, mit dem Bogen, der im Deckel steckte, der Tasche mit den extra Saiten und einem Plektrum, den ich gerne benutzte, wenn ich ein wenig experimentieren wollte. »Diese letzten Monate, die ich bei dir war«, sagte ich, »habe ich mich sehr einsam gefühlt. Ich hätte meine Viola wirklich gebrauchen können.«

Er setzte sich auf eine Box. »Ich denke, dass es ein Fehler war, sie zu verstecken.«

Ich hätte wütend auf ihn sein sollen. Ich hätte ihm eine Ohrfeige verpassen und mit meinem Instrument rausrennen sollen. Aber ich konnte nicht. Alles schien bereits so lange her zu sein. Ich berührte das Holz, ließ meine Finger über die Kurven gleiten. Die Naturdarmsaiten waren ausgetrocknet und würden wahrscheinlich reißen, noch bevor ich ein Lied beendet hätte und das Griffbrett hatte noch Fettflecken von den vielen Stunden, die ich darauf gespielt hatte.

»Das war wirklich eine arschlochmäßige Aktion von dir, Kevin.« Ich nahm die Viola aus dem Kasten. »Du bist ein gewissenloser Sack.«

»Ist das der Grund, warum du mich verlassen hast?«

Ich fühlte, wie sich ein Krater in meinem Zwerchfell auftat. Ich wollte dieses Thema nicht diskutieren. Ich hatte mich einfach von ihm trennen wollen, also hatte ich das auch getan. Wie hatte er es geschafft, mich in sein Studio zu manipulieren, nur um einen Schmerz zu diskutieren, der bereits achtzehn Monate zurücklag?

Weil ich es falsch angegangen hatte. Ich hatte getan, was richtig für mich war, mir selbst gesagt, dass ich es ohne die Diskussionen und das Geheule machen müsste. Ich hatte einfach nur dem emotionalen Untergang aus dem Weg gehen wollen, aber wir waren zu zweit gewesen, und Kevin war kein Teil dieser Entscheidung gewesen.

Ich nahm den Bogen heraus. Der Koffer war von minderer Qualität, den ich vor langer Zeit von meinem Taschengeld gekauft hatte. Die Viola war allerdings von Qualität. Mein Vater hatte sie mir zu meinem fünfzehnten Geburtstag in einem Leihhaus in West Hollywood erworben.

Ich schob die Viola unter mein Kinn und berührte die Saiten mit meinen Fingern. Sie waren lose. Ich drehte an ein paar Wirbeln, aber der Klang würde wahrscheinlich nicht einmal annähernd akzeptabel ausfallen. Nicht einmal annähernd. »Ich habe dich verlassen, weil ich dich gebraucht habe«, sagte ich.

»Das macht keinen Sinn.«

Ich ließ den Bogen über die Saiten gleiten und passte die Spannung an. Ich erwartete, dass eine Saite zu einem Schnörkel schnappen würde, aber es passierte nichts. Ich bekam die Spannung nahezu perfekt hin und spielte dann etwas, das er erkennen würde. Ich zog die erste Note über den Bogen, als würde ich meine Viola dazu benutzen, diese bestimmte Erinnerung aus unserer gemeinsamen Vergangenheit heraufzubeschwören.

»Du warst nicht dazu fähig, gebraucht zu werden.« Ich spielte die nächste Note.

»Tu das nicht.« Sein Flüstern klang heiser, als hätte sich der Befehl in seinem Rachen verfangen.

Ich hörte ihm nicht zu, stattdessen spielte ich das Lied, an das sich mein Verstand niemals erinnert hätte, mein Körper erinnerte sich aber sehr wohl.

Kevin schlief nicht sehr gut. Im Gegensatz zu Workaholics und Alkoholikern wollte er verzweifelt eine Nacht durchschlafen und anders als die Menschen, die an Schlaflosigkeit litten, schlief er auch zu einer annehmbaren Zeit ein. Aber ungefähr vier Mal die Woche wachte er früh am Morgen mit einem pochenden, beklommenen Schmerz in seiner Brust auf. Ich war immer aufgewacht, sobald er sich bewegt hatte. Ich hatte ihn im Arm gehalten, über seine Haare gestreichelt, gesummt, aber nichts hatte ihn wieder einschlafen lassen. Nichts, außer meiner Viola. Wir hatten eine Melodie, die wir teilten, ein Schlaflied, das ich mit meinen Fingern und meinem Arm geschrieben hatte. Niemals hatte ich es niedergeschrieben, denn es war so real für uns geworden, wie die Verbindung, die zwischen uns bestanden hatte, und als diese Verbindung zerbrochen wurde, hörte auch diese Melodie auf, zu existieren.

Also spielte ich es für ihn, in diesem Raum mit dem ersten Entwurf der Installation, der eher nach einem Abstellraum aussah, als der Hommage an eine Trennung. Und er beobachtete mich, während er mit seinem Hintern an der Tischkante lehnte, seine Arme und Beine übereinandergeschlagen. Ich ließ die letzte Note verklingen. Das Lied hatte kein Ende; ich hatte es einfach immer nur solange gespielt, bis sein Atem flach und gleichmäßig ging.

»Klingt scheiße«, sagte ich.

»Ich weiß nicht, was das sollte, warum du das jetzt spielen musstest.«

»Vielleicht kannst du mir ja erklären, warum du meinen ganzen Scheiß in ein Museum gepackt hast, ohne mir davon etwas zu erzählen.«

»Ich hatte Angst.«

Ich legte das Instrument zurück in den Koffer. »Vor?«

»Die Installation wäre so oder so passiert und ich wollte deswegen keine Streitereien riskieren.«

»Ich will meine Jeans zurück.« Das war bescheuert. Diese verkackte Jeans war mir scheißegal. Ich wollte ihm nur genau das liefern, was er eigentlich vermeiden wollte. Ich wollte mich mit ihm streiten.

»Alles wurde verkauft. Sogar die Bücher und Kataloge sind weg. Du müsstest mich und einige Sammler auf einer der spanischen Inseln verklagen. Unsere Anwälte würden Anwälte brauchen.«

»Das ist nicht fair«, flüsterte ich, während ich die spröden Saiten meiner verlorengeglaubten Viola streichelte.

»Ich weiß. Nichts davon war fair.«

Ich wusste, dass er nicht nur sein Werk meinte. Er meinte alles, von der Minute, in der wir uns begegnet waren bis hin zu dem Moment, in dem ich damit fertig war unser Schlaflied zu spielen. Ich fühlte mich emotional ausgetrocknet und verletzlich.

»Ich sollte gehen.« Ich schnappte den Koffer zu. »Danke, dass du die Viola nicht in deine Arbeit mit eingebracht hast.«

Ich drehte mich um, um aus der Tür zu gehen, aber er hüpfte wie eine Katze vor mich und legte seine Hände auf meine Wangen. »Du bist glücklich? Mit diesem neuen Kerl?«

»Jonathan. Du kennst seinen Namen.«

»Bist du glücklich?«

»Es ist etwas Zwangloses.«

»Du, Tweety? Mein kleines Vögelchen? Das glaube ich nicht.«

Ich hatte es vergessen. Er hatte mich immer seinen Kanarienvogel genannt, wenn er sich danach fühlte und er sich nach Nähe sehnte. Wie praktisch für mich, dass ich es dann immer übersehen hatte, dass er mich Tweety nannte, sobald er sich konfrontiert, distanziert oder überwältigt gefühlt hatte. Ich hatte niemals erfahren, ob er überhaupt realisierte, dass die Namen, die er bei mir nutzte, mehr über ihn als über mich zum Ausdruck brachten.

»Nimm deine Hände von meinem Gesicht«, sagte ich. Seine Finger fielen herab, als ob sie dahingeschmolzen wären. »Ich möchte wirklich nicht herzlos erscheinen, Kevin. Ich will nicht mehr unfreiwillig ins Leben hineinfallen. Jonathan hat einen Grund.« Seine Augenbrauen hoben sich ein stückweit. Das musste beantwortet werden. »Du kannst damit aufhören, an etwas Schweinisches zu denken.«

Etwas Schweinisches denken bedeutete die eine Sache für den Rest der Welt und das Gegenteil für uns. Es bedeutete: *Hör auf zu denken, dass es sich um Geld dreht.*

»Weißt du, ich habe dich nicht hierher gebeten, um über uns zu reden. Falls du mir weitere zehn Minuten einräumen könntest, könnten wir uns in die Küche setzen und uns einen Tee machen. Anständig. Ich möchte dir einen Vorschlag machen.«

Ich sah auf meine Uhr. Ich hatte die Nachtschicht. »Du hast eine halbe Stunde.«

Er lehnte sich ein wenig vor, um mich mit seinen großen Schokoladenmünzen-Augen ansehen zu können. »Vielen Dank.«

Er lief schnell wieder zur Küche zurück. Er machte uns auf eine effiziente und anmutige Art Tee und sprach mit einem aufgeregten Ton in der Stimme, den ich schon seit längerem nicht mehr gehört hatte. Ich hätte kein Wort einbringen können, auch wenn ich es gewollt hätte.

»Wir alle machen Kunstwerke über diese scheinbar wichtigen Konzepte des Lebens. Wir haben das Gefühl, dass wir alles unter einen kulturellen Regenschirm packen müssen, wenn wir im Lexikon einen Platz zugeschrieben haben wollen, aber ich habe seit dem College nicht mehr vor einem Kunstwerk geweint. Das liegt daran, weil die ganze Szene zu kopflastig geworden ist. Banksys kulturelles Gekritzel, Barbara Kruger beschwert sich noch immer über die Konsumkultur, John Currin redet über Sex und Kultur und Frank Hermaine ist…ich weiß nicht mal über was der eigentlich redet. Niemand zeigt, was im Leben wirklich wichtig ist. Die Dinge, die am Morgen dafür sorgen, dass wir aus dem Bett steigen und die uns am Abend in den Schlaf wiegen. Als ich das realisiert habe, fing ich an, dankbar dafür zu sein, dass du weggerannt bist. Also…nicht wirklich, aber es hat mir dabei geholfen, zu erkennen, dass nichts von dem, was ich mache, einen Unterschied macht oder jemanden berührt und ich dachte, wenn ich diesen Schmerz, den ich gespürt habe, nehme und in einen Raum packen könnte, dass dann, sobald jemand in diesen Raum laufen würde, dem das gleiche passiert ist, es diese Person merken würde. Sie würden sagen, ja, dem fühle ich mich verbunden. Ich fühle es. Kannst du dir das vorstellen? Diese Verbindung? Das Potenzial? Der Einfluss?«

Inmitten seines Vorschlages setzte er sich hin und wie eine aufgerollte Sprungfeder, saß er auf der Kante des Stuhls, seine Beine gespreizt, während er auf den Vorderbeinen des Stuhls kippelte. Seine Ellbogen lagen angewinkelt auf der Tischdecke, seine Hände gestikulierten.

Wie jung ich doch gewesen sein musste, um mich so dermaßen in seinen Enthusiasmus verliebt haben zu können. »Also das war es, was du mit deiner Installation bei der Sonnenfinsternis-Ausstellung versucht hast rüberzubringen?«

»Ich habe versucht, dich damit auszutreiben, mir über das Wie Gedanken gemacht, damit es mir endlich gelingen würde, dich aus meinen Gedanken zu verscheuchen. Stattdessen ließ es mich darüber nachdenken, was es bedeuten würde, etwas wirklich Persönliches als eine visuelle Geschichte darzustellen und dann dachte ich, dass es vielleicht keine visuelle Geschichte ist. Vielleicht ist es eine multimediale Geschichte, bei der einer der Beteiligten das Sehen abdecken würde und der andere das Hören.« Als würde er auf meinen Gesichtsausdruck reagieren, lehnte er sich noch weiter vor. »Bevor du irgendetwas sagst…Es müssten sich beide Erzähler gegenseitig bekämpfen. Es muss eine ästhetische Spannung in der Luft liegen, bevor alles schwarz wird und Stille einkehrt. Es ist ein Experiment der Vollkommenheit vor dem Tod. Boom.«

Ich schlürfte meinen Tee. Er musste mich denken lassen. Ich vögelte ihn nicht mehr. Ich musste nicht mehr, wie ein hirnloses Groupie, sofort auf jede seiner Ideen anspringen. Allerdings war es eine gute Idee. Alles daran könnte einfach wunderschön werden, eine wirklich bewegende Erfahrung, ein dreidimensionales Erlebnis mit Soundeffekten.

»Du redest nicht von einem geradlinigen Erzähler«, sagte ich.

»Natürlich nicht.«

»Yeah.«

»Yeah, was?«

»Du solltest es machen. Aber ohne meine Hygieneartikel.«

»Scheiß auf deine Hygieneartikel. Ich will *dich*.«

Ich atmete tief durch meine Nase ein und schloss meine Augen. Ich musste ein Ausrasten vermeiden. Er konnte es nicht auf eine sexuelle Weise gemeint haben. Konnte er einfach nicht.

»Lass mich das umformulieren«, sagte er.

»Bitte.«

»Es würde sich um eine Zusammenarbeit handeln. Du würdest natürlich den Teil mit dem Hören übernehmen.«

Ich spitzte meine Lippen und starrte in meinen Tee. »Kevin, das kann ich nicht.«

»Warum denn nicht?«

»Zum ersten, weil es merkwürdig wäre.«

»Nur, wenn wir das zulassen würden.«

Er lehnte sich zurück, seine Körperhaltung jetzt entspannter, da er seinen Vorschlag bereit unterbreitet hatte und jetzt der Teil kam, in dem die artistische Verführungsphase beginnen würde.

»Zum Zweiten«, sagte ich, »bin ich schon seit Längerem nicht mehr in der Lage, auch nur ein Wort zu schreiben oder zwei Noten zusammenzubringen und etwas Sinnvolles damit zu erschaffen. Ich stecke fest.«

»Das Feststecken gehört mit zur Entwicklung.«

»Es ist ein nein.«

»Sag, dass du darüber nachdenken wirst?«

»Deine dreißig Minuten sind vorbei, Kevin.« Ich stand auf. »Es war nett, dich zu sehen.«

»Lass mich, dich zur Tür bringen.« Er lächelte wie ein Mann, der nicht gerade erst zurückgewiesen worden war, sondern genau das bekommen hatte, was er wollte.

zwei

Fünfzehn Minuten nachdem Jessica Carnes angedeutet hatte, dass Jonathans Wildheit im Bett zu einem gebrochenen Handgelenk geführt hatte, hatte mir Jonathan eine Nachricht geschrieben.

– Was hat sie dir erzählt? –

Ich hatte nicht geantwortet und er meldete sich nicht noch einmal. Debbie, die Barmanagerin und eine Freundin von Jonathan, hatte den Austausch gesehen, aber nichts gehört und Jonathan danach, während er in San Francisco war, Bescheid gegeben. Sie hatte es ohne Anflug eines schlechten Gewissens zugegeben.

»Wenn du dein Gesicht gesehen hättest«, sagte sie, »dann hättest du ihn auch angerufen.«

»Manchmal habe ich das Gefühl, dass du tiefer in dieser Beziehung steckst, als Jonathan und ich das tun«, antwortete ich, während ich Getränke auf einem Tablett anordnete.

»Ich mag euch eben beide. Jessica mag ich weniger. Und jetzt geh und serviere die Drinks, bevor das Eis schmilzt.«

Aber ich war froh, dass ich nicht wieder von Jonathan gehört hatte. Ich hatte keine Lust auf ein langwieriges Telefongespräch mit ihm, das sich darum drehen würde, was Jessica zu mir gesagt hatte und warum ich so traurig war, unabhängig davon, ob er nun oder ob er sie nicht gevögelt hatte. Ich wollte keine Entschuldigungen hören. Ich wollte keine komplizierte Geschichte. Ich wollte einfach nur das machen, zu was ich berufen war: Musik, ich wollte im Reinen damit sein, wollte Gabby im Auge behalten, meinen bezahlten Job machen, ohne dass ich einen traurigen Gesichtsausdruck auf dem Gesicht herumtrug oder tollpatschige Bewegungen machte.

Als ich also dann einen erneuten Anruf von Jonathan reinbekam, ließ ich das die Mailbox übernehmen. Ich fuhr gerade. Und ich wollte mich nicht mit ihm unterhalten. Ich wusste, dass er wieder zurück war, denn trotz all meiner Scharade, hatte ich doch die Tage bis zu seiner Rückkehr gezählt. Er schrieb und ich ignorierte es. Aber als ich an eine rote Ampel kam, musste ich es einfach lesen. Ich war schließlich auch nur ein Mensch.

– Wenn du das mit mir beenden willst, dann sag es mir einfach, ok? –

Scheiße. Er hatte natürlich diese Richtung einschlagen müssen. Er hatte mich an der Kreuzung meines genugtuenden Ärgers schneiden müssen. Ich fuhr an die Straßenseite, entwarf und verwarf eine Nachricht. Falls ich ihn morgen vor meinem Studiotermin mit WDE treffen könnte, dann könnte ich es kurzhalten. Keine Ficksitzung, die zwölf Stunden andauern würde. Perfekt. Ich musste es vermeiden, dass ich mich an seinem Körper verbrannte.

– Morgen Nachmittag um zu reden? –

Mein Bildschirm verriet mir, dass er schrieb und ich stellte mir seinen Daumen vor, wie er über das Glas glitt, so wie er auch über meinen Körper geglitten war. Ich erschauerte, als sich das Auto einer Rotphase entgegen faulenzte.

– Öffentlicher Ort? –

Ich fing an, ihm zu schreiben, stoppte mich aber dann. Ein öffentlicher Ort bedeutete, dass ich ihm nicht zeigen könnte, wie wütend ich war und wenn ich zur Abwechslung einmal ehrlich mit mir selbst wäre, dann müsste ich zugeben, dass ich wirklich sehr wütend war. Allerdings war das Problem bei einem privaten Ort, dass ich mit ihm in einem Raum allein wäre, was bedeutete, dass das Gespräch nur auf eine Weise enden würde.

– Privat –

– Wäre der Loft Club ok?
Nicht wirklich neutral –

– Klingt gut. 13 Uhr. Muss los –

Ich warf das Handy auf den Beifahrersitz und fuhr los. Ich hatte mit Jonathan eine Verabredung, die drei Stunden vor meinem Termin für eine Aufnahme in Burbank lag. Der Termin war von WDEs Eugene Testarossa angesetzt worden, da Gabby und ich keine eigenen Lieder besaßen.

Das Meeting mit Testarossa zur Mittagszeit war reibungslos über die Bühne gegangen und hatte genau eine Stunde angedauert. Wir waren verwöhnt und komplimentiert worden und sie hatten uns Auftritte und Verträge angeboten, die niemals abgeliefert werde könnten. Im College war ich langsam aber sicher davon überzeugt worden, dass die wertvollste Fähigkeit, die man in Los Angeles benötigte, die Kunst war, die Kuhscheiße von der echten Scheiße unterscheiden und auseinanderhalten zu können. Nur ein Teil der Realität fand den Eingang zu diesem Gespräch.

»*Carnival* hat eine neue Marke«, sagte Eugene, nachdem er seinen Salat aufgegessen hatte. Er hatte uns ins *Mantini's* ausgeführt und verbrachte das gesamte Essen damit, zur Tür zu schauen. »Sänger, Songschreiber. Kein Folk, stattdessen eine

Art Trip-Hop Komposition. Gefühlvolle, lyrisch wertvolle Musik.«

»Ich habe nicht viele fertige Songs«, fiel ich ein. Ich wollte ihm nicht sagen, dass ich *gar* keine Lieder hatte, aber ich konnte ihn auch nicht komplett anlügen, ohne aufzufliegen.

Eugene wedelte mit seiner Hand umher. »Wir haben einen Songwriter. Wir brauchen deine Lunge.« Als würde er sich gerade wieder an Gabby erinnern, drehte er sich zu ihr. »Und deine kompositionellen Fähigkeiten.«

Also stimmten wir zu, zwei Songs von einem WDE Klient in den DownDawg Studios in Burbank aufzunehmen. WDE hatten Gabby und mich in der Tasche, was bedeutete, dass sie einen großen Anteil des Geldes, dass wir möglicherweise in der Zukunft verdienen, nehmen könnten, ohne dass sie sich auf uns festzulegen oder auf Dauer repräsentieren müssten. Gabby kicherte auf dem gesamten Weg nach Hause, aber ich fühlte mich eher, als wäre mir gerade operativ eine Faust aus meinem Arsch entfernt worden.

Die Songs waren uns den nächsten Tag zugeschickt worden. Dafür dass Eugene solange damit zugebracht hatte, uns davon zu überzeugen, dass er uns lyrisch stilvolle Texte anbieten wollte, klang es nach langweiligem Müll. Ich würde doppelt so hart arbeiten müssen, um daraus etwas zu machen, dass sich gut anhören würde. Das Letzte, was ich vor der Aufnahme hätte machen sollen, war es, diese Verabredung mit Jonathan zu vereinbaren, aber ich war genötigt worden. Die Zeit wäre gut. Ich würde eine Entschuldigung haben, um zu gehen.

Als mein Handy sich meldete, schaute ich nicht drauf. Wenn Jonathan und ich etwas ausmachten, dann stand es auch. Wenn er seine Pläne ändern wollte, dann müsste er darauf warten, ob ich dies akzeptierte. Ich würde keine Spielchen mit ihm spielen. Ich musste wirklich zu Darren, um mit ihm zu reden und trotzdem noch rechtzeitig zum *Frontage* kommen.

Ich parkte in meiner Einfahrt, lief den Hügel runter und bog in die Echo Park Avenue ein. Darren lebte in einem zweistöckigen Gebäude, das mehrere Wohnungen innehatte und einen U-förmigen Vorplatz besaß. Es sah genauso aus, wie so viele andere Komplexe in Los Angeles: schlecht durchdacht, unvorsichtig errichtet und abartig hässlich. Aber die hohen Hecken und Bäume auf der Vorderseite gaben den Eindruck, dass es eine ruhige Umgebung war und die Nähe zu seiner gebrochenen Schwester, die er beobachten musste, wenn er denn Nachts auch nur ein wenig Schlaf bekommen wollte, ließ es zu dem perfektesten Ort der Welt für ihn werden.

Das Tor stand wie immer offen, da immer Kinder rein oder rausrannten. Als ich die Treppen hochstapfte, dachte ich darüber nach, wie ich das, was ich fragen wollte, am besten formulieren sollte und was für eine Antwort ich gerne hätte. Ich lief an seinem Fenster vorbei. Der Fernseher war an, also war er auch Zuhause. Die Eingangstür stand offen, die Zwischentür war geschlossen und innen lehnte Darren gegen den Türrahmen, der in die Küche führte, und lachte. Es war ein entspanntes Lachen, während er seine Arme verschränkt hielt, als eine Art Antwort zu etwas und es fühlte sich so an, als würde ich… ein privates Gespräch belauschen. Ich hob meine Hand, um zu klopfen, aber ein Mann mit kurzem, sandbraunem Haar stand von der Couch auf und Darren lachte lauter, als er von Armen und Küssen - feucht und leidenschaftlich - verschlungen wurde. Vier robuste Arme konnten nicht genug von dem jeweils anderen bekommen.

Ich konnte nicht mehr ruhig bleiben. »Aha!«

Sie ließen voneinander ab und schauten mich an.

»Musical!«, rief ich. »Du bist die mysteriöse Frau, die ihn immer zu Veranstaltungen ausführt!«

»Welche ist das?«, fragte Sandbraunes Haar.

Sie schauten einander an, dann sagte Darren: »Kommst du jetzt rein oder was?«

Ich ging durch die Tür und streckte meine Hand aus. »Ich bin Monica. Es freut mich, dich kennenzulernen.«

»Adam. Und das kann ich nur zurückgeben.«

Wir schüttelten Hände. Sein Händedruck war fest und trocken. Er war heiß, mit blondem Drei-Tage-Bart und grauen Augen, von denen ich wusste, dass sie die Farbe änderten, je nachdem, was er tragen würde. Ich versuchte ruhig zu bleiben, aber im Inneren kicherte ich vor Entzücken. Ich war nicht nur darüber erfreut, Darrens Geheimnis aufgedeckt zu haben, sondern auch, dass er nur versucht hatte, Glück zu verstecken.

Adam nahm seine Jacke in die Hand. »Ich muss los.« Er lief auf Darren zu, um ihn zu küssen. Darren hatte seine Arme verschränkt und drehte seinen Kopf, womit der Kuss auf seiner Wange landete. Adam nahm sein Gesicht zwischen seine Hände und drehte Darrens Kopf zu ihm zurück, bevor er ihm einen feuchten Kuss auf die Lippen drückte. Darren reagierte nicht.

»Ach, komm schon«, sagte Adam. »Sieh sie dir doch an. Sie lächelt.«

»Küss ihn! Küss ihn!«

Das tat er dann auch und es war so ein toller Anblick, meinen Freund glücklich zu sehen, dass ich meine Hände zu Fäusten ballen musste, um nicht wie wild in die Hände zu klatschen. Adam drückte ihn schließlich von sich. »Gott, du Schlampe. Du sorgst noch dafür, dass ich zu spät komme.« Er zwinkerte mir auf dem Weg nach draußen zu.

Ich wusste, dass ich wieder lächelte. Es war diese unkontrollierbare Version eines Grinsens, die meinem Gesicht Schmerzen verursachte.

»Du blamierst dich gerade«, sagte er.

»Ist mir egal. Wirst du mir alles erzählen?«

Er ließ sich auf die Couch fallen und machte den Fernseher aus. »Wir haben uns im *Music House* kennengelernt. Er kommt da ständig hin. Ich habe gedacht, dass er immer wegen meiner Fachkenntnis nach mir fragen würde.«

»Aber der Grund war dein heißer Körper.«

Er warf ein Kissen nach mir. »Würdest du damit aufhören?«

Ich vergrub mein Gesicht in dem Kissen. »Ich bin so glücklich. Ich habe mir ständig um dich Sorgen gemacht, weil du fast nie mit jemandem ausgegangen bist.«

»Ich war verwirrt, wie die es sagen würden. Und Gott weiß, dass ich Gabby damit nicht belasten konnte.«

Ich schleuderte das Kissen zurück zu ihm. »Warum hast du es *mir* denn nicht erzählt?«

»Wir haben eine gemeinsame Vergangenheit. Ich wollte nicht, dass du dich fühlst als würde ich ich weiß auch nicht, als ob ich dich damals nicht auf die richtige Weise geliebt hätte.«

»Das hast du ja auch nicht, du Volltrottel. Jetzt tust du es, aber damals hast du es nicht. Und warum erzählst du es Gabby nicht jetzt?«

Er seufzte. »Adams Nachname lautet Marsillo. Was dir nichts sagen wird. Aber die Geschäftsführerin von *Foundation Records*? Das ist ihr Mädchenname.«

»Das ist seine Mutter?«

»Gabby würde das wissen«, sagte er, »und ausflippen. Sie würde Hochzeitsvorbereitungen treffen. Er ist nett, aber ich bin noch nicht bereit für ihr überfürsorgliches Getue.«

Ich wandte meinen Blick ab und zupfte an einem Fleck an meiner Jeans rum. Gabby würde mit der Homosexualität ihres Bruders klarkommen, aber er hatte recht. Irgendeine Verbindung zur Musikindustrie könnte sie in zwei mögliche Extreme schwingen lassen.

Ich sprang auf, ließ mich in seinen Schoß fallen und umarmte ihn mit allem, was ich hatte. Ich küsste ihn auf die Wange.

Er lachte und versuchte mich wegzudrücken. »Sorry, Babe, du bist nicht mein Typ.«

»Jetzt hast du mir mein Herz gebrochen.«

»Bist du nur hierhergekommen, um zu schnüffeln oder wolltest du irgendetwas?«

»Ich habe mich mit Kevin getroffen.«

»Oh je?«

»Es ist nicht, wie du denkst. Er will sich für ein Projekt mit mir zusammentun. Ich stecke allerdings fest und dachte, wenn wir alle drei daran arbeiten würden, dass ich es vielleicht schaffen würde, mich wieder zu entstecken. Außerdem hätte es den Nebeneffekt, dass wir wieder miteinander arbeiten könnten.« Ich sah auf meine Uhr und hüpfte auf meine

Füße. »Aber jetzt habe ich leider keine Zeit mehr, um es zu diskutieren. Kommst du heute Abend?«

»Adam und ich haben Eintrittskarten.« Er lächelte. »Für ein Musical.«

»Du bist so ein Klischee.«

Er zuckte mit den Achseln. »Erzähl es Gabby erst einmal nicht. Ich mag diese Sache mit Theo nicht.«

»Warum nicht?« Ich war genervt, dass er ihr das Glück verweigerte, wenn er doch gerade erst sein eigenes gefunden hatte.

»Er handelt mit Rezeptverschreibungen. Er ist der Letzte, mit dem Gabby etwas haben sollte.«

»Wieso weiß ich davon denn nichts?«

»Dein Kopf war nicht mehr auf deinem Hals befestigt, seitdem du das erste Mal die Nacht in Griffith Park verbracht hast. Apropos, hast du die Bilder von dir und Mister Umwerfend bei der Finsternis-Show gesehen? Das ganze Internet ist voll davon.«

»Gott, nein.«

»Soll ich sie dir schnell zeigen? Du siehst einfach toll aus.«

»Auf keinen Fall. Ich will nicht wissen, was irgendjemand über mein Leben zu sagen hat. Es zu leben, ist hart genug.« Ich ging zur Tür, aber entschied mich, nicht einfach rauszurennen. Ich umarmte Darren und küsste ihn auf die Wange. »Ich freue mich für dich.«

Er schob mich zur Tür. Ich fühlte mich jetzt mehr mit ihm verbunden, als ich das damals während der Schulzeit getan hatte. »Verschwinde«, sagte er. »Zeig ihnen, wo der Hammer hängt oder so ähnlich.«

drei

Zuerst hatte ich ein Outfit angezogen, mit dem die Wahrscheinlichkeit, dass Jonathans Schwanz in mir landen würde, am geringsten ausfüllen würde. Meine Jeans waren eng genug, um in die Kurven meines Arsches einzuschneiden und den Bereich zwischen meinen Schenkeln hervorzuheben. Allerdings wäre es zu schwierig diese Hose in der Hitze des Gefechtes von mir zu schälen, womit ich zu viel Zeit hätte, um über meine Taten nachzudenken und ihm dann wahrscheinlich den Zugang verweigern würde. Ich trug einen BH mit drei Häkchen im Rücken und ein gewobenes Top, das nicht über den Kopf gezogen werden konnte, ohne es vorher aufzuknöpfen. Ich sah heiß aus und war körperlich unerreichbar.

Allerdings realisierte ich dann, dass es auf diese Weise leichter für ihn wäre, mir Lügen aufzutischen, da ich in den Raum laufen würde, er vorgehabt hätte, mir meine Kleidung zu entfernen, aber dann das Problem mit diesem Vorhaben erkennen und einfach das sagen würde, was mich am ehesten beruhigen würde. Das wollte ich nicht. Ich wollte die Wahrheit über das, was zwischen ihm und Jessica in dieser bestimmten Nacht passiert war, als er mich ohne weiteres an meinem Haus

unterwerfen

abgesetzt hatte. Ich wollte die hässliche und ungeschminkte Wahrheit. Ich wollte den Schmerz und den Kummer. Ich verdiente es dafür, dass ich ihm mein Vertrauen geschenkt und mehr von ihm verlangt hatte, als das er mir zugeben bereit gewesen war, auch wenn ich zuvor gewarnt worden war. Wenn er mich ausreichend verletzte, würde ich derartige Fehler nicht noch einmal begehen.

Unabhängig von den blauen Flecken, die noch immer die Rückseite meiner Oberschenkel bedeckten, war Jonathan nicht die Art von Mann, die es genoss, jemandem Schaden zuzufügen, jedenfalls nicht auf eine emotionale Art und Weise. Ich würde es aus ihm herauslocken müssen und eine Ritterrüstung würde bei diesem Vorhaben nicht sonderlich hilfreich sein. Ich müsste ihn schwächen. Ich müsste ihn dazu bringen, mir alles zu sagen, auch wenn das im Widerspruch zu seinem Urteilsvermögen stand. Ich müsste ihn dazu bringen, mich anzuflehen.

Das bedeutete, dass die Strapse herhalten mussten und dazu ein Kleid mit einem ausgestellten Rockteil. Ich wurde schon geil, als ich das Outfit überzog. Ich würde gleich danach zu den Studios in Burbank müssen und packte deshalb ein extra Höschen in meine Tasche. Ich war bereit.

vier

Als ich aus dem Fahrstuhl stieg und in die Lobby des Clubs trat, entwickelte sich ein pochender Schmerz zwischen meinen Beinen und mit jedem weiteren Schritt den Gang entlang, zuckte mein Geschlecht, als ob es über die Strapse unter meinem Kleid Bescheid wüsste. Die Unterhaltung, die gleich stattfinden würde, würde sich sehr schwierig gestalten, wenn ich meinen Sexualtrieb nicht unter Kontrolle bekommen würde.

Ich überragte Terry, die Hostess, in meinen 10 Zentimeter hohen High-Heels. Sie sorgten dafür, dass ich die Höhe von 1,85 m erreichte, denn ich wollte auf gleicher Höhe mit Jonathan reden. Ich wollte Lügen und Unwahrheiten sofort erkennen können, noch bevor er diese äußerte.

Es war ein anderer Raum, kleiner, mit zwei Cocktailtischen, einem Zweisitzer-Sofa aus Leder und einem Kaffeetisch in der Mitte des Raumes. Er stand an der Wand, die ausschließlich aus Fensterglas bestand und als er mich ansah, setzte mein Herz für einen Augenblick aus. Sein Outfit hatte daran schuld. Der kohlrabenschwarze Anzug, die weinrote Krawatte und die

Manschettenknöpfe. Er hielt ein Glas Perrier zwischen seinen Fingerspitzen.

Aber als ich näher trat, bemerkte ich, dass sich etwas verändert hatte. Sein Geruch war nicht mehr der trockene, an den ich mich erinnerte, stattdessen duftete er nach Sägemehl, Leder und feuchter Erde. Das Aroma war weniger schön, aber erregender, und ich erkannte die Wirkung, die dieser Geruch auf mich hatte in dem Gewicht und der Feuchtigkeit meines Geschlechtes und dem Schauer, der meine Wirbelsäule bis zu meinem Steißbein runterlief.

»Hi«, sagte ich.

»Hallo.«

Die Tür schloss sich hinter mir. Ich wollte ihn in meinen Armen halten und alles vergessen. Wenn ich doch nur so tun könnte, als wäre Jessica niemals in die Bar gekommen, dann hätte ich ihn mit meinem Körper umhüllen können. Ich trat nah an ihn heran, bis wir uns von Angesicht zu Angesicht gegenüber standen.

»Kann ich dir ein Glas Wasser einschenken?«, fragte er.

»Nein, danke.«

»Normales Wasser? Ich kann es dir ohne Kohlensäure besorgen.«

»Nein, danke.«

»Ich kann Cookies kommen lassen.«

»Ich will nichts.«

»Kannst du mir einfach sagen, was sie dir erzählt hat?«

»Du bist doch immer über alles auf dem Laufenden, Jonathan. Also warum sagst du mir nicht, was sie mir vielleicht erzählt haben könnte?« Mein Ton klang schärfer, als ich das geplant hatte.

Er drehte das Eis in seinem Glas. »Etwas, das dich verärgert hat.« Er würde um das Thema auf unbestimmte Zeit herumtänzeln. Er hatte seine Mauern um sich aufgerichtet und war mit Sicherheit dazu bereit, mir etwas zu erzählen, dass nicht der Wahrheit entsprach.

Ich war allerdings vorbereitet hier aufgetaucht, um es ihm so schwierig wie möglich zu machen. »Ja. Sie hat etwas gesagt, das mich verärgert hat. Sehr sogar.« Ich hakte meine Finger in seinen Hosenbund.

»Hat sie gesagt, dass du fett aussiehst? Sie kann sehr gehässig sein.«

»Du witziger Kerl, du.« Ich zog seinen Gürtel aus der Lasche und die Zunge aus dem Metallhaken. »Ich werde dir eine Frage stellen und ich will, dass du diese ausführlich beantwortest.« Sein Gürtel fiel mit einem metallischen Klang auf. Ich nahm ihm das Glas in seiner Hand ab und stellte es auf den Tisch. Seine Fingerspitzen streckten sich nach meinem Gesicht aus, aber ich schob sie fort. »Hände an deine Seite.«

»Du machst Witze.«

»Sehe ich aus, als würde ich scherzen?« Ich öffnete den Reißverschluss seiner Hose. »Ich werde mich jetzt auf meine Knie runterlassen. Berührungen sind nicht erlaubt.«

»Hattest du nicht eine Frage? Du hast gesagt, dass es eine Frage gäbe.«

Ich fiel auf meine Knie und rieb sein Organ durch seine Unterhose hindurch und beobachtete, während er härter und härter wurde. Ich brachte meine Lippen an ihn heran und nahm einen heißen Atemzug, bevor ich meine Zähne über das Material, das seine anwachsende Erektion bedeckte, kratzte. Er stöhnte.

Ich holte seinen Schwanz heraus, das wunderschöne Teil, und leckte über die Eichel. »Bist du bereit für meine Frage?«

»Nein.«

Ich schob die Spitze in meinen Mund, um diese zu befeuchten und saugte auf dem Weg nach draußen. »Wenn du aufhörst zu reden, höre ich auf, dir einen zu blasen. Okay?« Ich sah zu ihm auf.

Er streckte seine Hand aus, um nach meinem Haar zu greifen, aber ich schob seine Hand weg.

»Okay«, sagte er, und ich konnte deutlich das Lächeln auf seinen Lippen hören.

Ich saugte die Spitze erneut in meinen Mund, bevor ich sagte: »Sag mir, wohin du gegangen bist, nachdem du mich zu Hause abgesetzt hattest, und was dort passiert ist.«

»Ich brauche den Blowjob nicht so dringend, Monica.«

»Ich will, dass deine Schutzmauer bröckelt und ich will deinen Schwanz.« Dann ließ ich meinen Mund den ganzen Weg nach unten, über seine Länge gleiten, meine Lippen streiften über seinen Schaft, die Zunge folgte, meine Kehle für ihn geöffnet. Ich ließ ihn alles für einen kurzen Moment fühlen, bevor ich ihn wieder langsam aus mir herausgleiten ließ.

»Gott verdammt.« Er griff nach meinem Hinterkopf und wieder schob ich seine Hand von mir davon. »Das nächste Mal werde ich dir deine Hände hinter deinem Rücken zusammenbinden«, sagte er.

»Du hast nach der Vestal Street welchen Weg eingeschlagen?«

»Ich werde es kurz machen«, sagte er. »Jessica. Ich bin zu Jessica gefahren.«

»Nur eine Stunde nachdem wir uns Exklusivität versprochen hatten?«

Ich wollte ihn nicht ansehen, wenn er mir diese Frage beantwortete, also nahm ich seinen Schwanz erneut in meinem Mund auf und bearbeitete ihn, während er sprach.

»Sie hat mir geschrieben. Sie wollte reden. Ich bin immer für sie da, weil sie auch immer für mich da gewesen ist. Ich habe darin kein Problem gesehen. Ich habe nicht erwartet, dass etwas passieren würde.« Er musste den Knoten in meinem Hals gespürt haben, denn er fügte hinzu: »Warte. Ich will es nicht auf diese Weise formulieren.«

»Formuliere es, wie auch immer du möchtest«, sagte ich, während ich mit meiner Hand über seine Länge strich. Meine Spucke hatte dafür gesorgt, dass er feucht genug war, um ihn mit meiner Hand zu massieren und als er die Luft scharf einzog, wusste ich, dass er kurz davor stand, mir etwas zu beichten. Ein Tropfen der Erregung quoll aus der roten Spitze seines Schwanzes heraus und ich erwischte diesen mit meiner Zunge. Ich leckte seine Länge bis nach unten zu seiner Wurzel entlang, seine Haut hauchdünn unter meiner Zunge, und stellte fest, dass ich das, nach was ich gesucht hatte, nämlich dem Geschmack einer anderen Frau, nicht finden konnte.

»Monica, ich mag dich. Ich will nicht, dass…« Er keuchte, als ein Zahn sanft über seinen Schwanz kratzte.

»Sprich. Ich kann es ertragen.«

»Ich habe sie nicht gefickt. Ich weiß nicht, was sie dir gesagt hat, aber ich werde dir nichts Weiteres erzählen, solange du mir einen bläst.« Er schnappte nach meinen Handgelenken und platzierte sie auf meinem Kopf, als hätte er mich gerade verhaftet. »Und jetzt beende den Job.«

Ich sah nach oben auf seine lächelnden Lippen. Ich wusste nicht, was er getan hatte. Mit Sicherheit gehörte mehr zu der Geschichte, aber wäre ich bereit, einen Schwall seiner Ladung zu schlucken, um es herauszufinden?

Ich öffnete meinen Mund. Er hielt meine Handgelenke mit seiner rechten Hand in einem festen Griff gefangen. Mit seiner linken führte er seinen Schwanz in meinen Mund und im Gegensatz zu noch vor einer Minute, als ich die Kontrolle über die Situation hatte, sandte der Geschmack und die Härte seiner Haut jetzt einen Stromschlag mit Verlangen durch meinen Körper. Ich konnte nicht widerstehen. Meine Fotze pulsierte, als er seinen Griff um meine Handgelenke noch verfestigte. Heilige Scheiße, der verdammte Drecksack pumpte meine Entschlossenheit ab und lenkte sie zu einem Orgasmus um.

Er legte seine linke Hand auf meinen Hinterkopf und stieß vorsichtig in meine Kehle hinein, während er beim dritten Stoß ein Stöhnen aus seiner Kehle entweichen ließ.

»Geht's dir gut da unten?«, fragte er.

Ich machte ein Geräusch, das darauf schließen ließ, dass dies der Fall war.

»Nimm ihn in dir auf. Bis zum Anschlag.«

Dass ich seinem Befehl gehorchte, ließ meine Klitoris anschwellen. Sie pochte und erwartete, dass ich den Ton in seiner Stimme, seinem neuen Duft und seiner Hand, die in meinem Nacken an meinem Haar zog, Folge leistete.

»Benutz die gesamte Fläche deiner Zunge auf der Unterseite. Ah, genau so.«

Er stieß in meine Kehle, meine Zunge massierte die Unterseite seines pulsierenden, heißen Schwanzes. Er drückte

unterwerfen

meine Handgelenke mit seiner Hand und stieß härter und schneller zu, während er meinen Kopf still hielt. Ich öffnete meinen Mund weit, damit ich ihn nicht jedes Mal, wenn er bis zur Wurzel in meine Kehle eindrang, beißen würde. Die Haare auf seinem Bauch kitzelten meine Nase. All die Konzentration, die ich benötigte, um meinen Mund geöffnet zu halten und seinen Schwanz in mich aufzunehmen, sorgte nur dafür, dass mein eigener Orgasmus immer näher kam.

»Ich komme«, flüsterte er. Es war eine Tatsache, keine Frage, und ich sollte mich folglich darauf vorbereiten, zu schlucken.

Er grunzte und kam, gewalttätig und beharrlich ergoss er sich in meine Kehle. Ich atmete durch meine Nase, nahm ihn auf, ohne zu würgen und ließ seinen Saft herauslaufen, nachdem er fertig war. Als er aufhörte, platzierte ich einen Kuss auf die Spitze seines Schwanzes. Er ließ meine Hände los.

Als ich sie herunternahm, spürte ich, wie ein Schmerz durch meinen Bizeps schoss. »Ich finde besser niemals heraus, dass du gelogen hast«, sagte ich. »Das war der beste Blowjob, den ich jemals gegeben habe.«

Er packte seinen Schwanz wieder in seine Hose und zog den Reißverschluss hoch. »Du hast eine merkwürdige Art, einem Kerl zu zeigen, dass du angepisst bist.« Er streckte seine Hand nach meiner aus, um mir aufzuhelfen und ich nahm die Geste bereitwillig an. Er half mir mein Gleichgewicht zu finden, als ich auf den High-Heels umherwackelte.

»Willkommen Zuhause«, sagte ich. »Jetzt bin ich bereits seit Tagen verärgert.«

»Das tut mir leid. Wenn du mich angerufen hättest, hätte ich dir alles schon früher erzählen können.«

»Aber du hast *etwas* mit ihr gemacht.«

Er berührte mein Kinn mit zwei Fingern, ließ sie über meinen Kiefer, über meinen Hals, runter zu meiner Brust gleiten, wo er kurz bei meinem Nippel haltmachte, der unter meinem Kleid zu Stein erhärtet war. Er rieb seinen Daumen darüber und lehnte sich gegen meinen Körper, küsste sanft meine Lippen, während er meine Brust massierte.

»Warum willst du es wissen?«, fragte er.

»Ich hasse Geheimnisse.«

»Ich habe Geheimnisse, die ich dir vielleicht niemals erzählen werde.«

»Heute möchte ich nur dieses hören. Ich weiß, dass sie dir gehört. Ich weiß, dass ihr dein Herz gehört, aber du hast mir deinen Körper versprochen, also habe ich ein Recht darauf, es zu erfahren.«

Er küsste meinen Hals und fand sofort die empfindlichste Stelle in dieser Region. »Nichts von mir befindet sich in ihrem Besitz.«

Meine Hände schoben sich unter sein Jackett, fanden seine Taille. Ich streichelte seine nackte Haut, während er seine Hand von meiner Brust zu meinem Hintern wandern ließ.

Er keuchte gegen meinen Hals, als er spürte, was ich unter meinem Kleid trug. »Monica.«

»Ich war bereit, alles Erdenkliche zu tun, um dich zum Reden zu bewegen.«

Er wich einen Schritt von mir zurück. »Heb deinen Rock hoch.«

»Wir haben es diese eine Nacht nicht genießen können.« Ich hob den Rock meines Kleides nach oben, damit er die Strapse, minus dem Höschen, sehen konnte. »Also wirst du mir alles erzählen, richtig?«

»Nein.«

Ich ließ meinen Rock fallen.

Er trat auf mich zu und streichelte mit seinen Fingerspitzen über mein Schlüsselbein. »Keine Spielchen. Ich will es dir nicht sagen, weil es so besser ist. Aber ich werde dir etwas verraten: Ich habe die letzten drei Tage nur an dich denken können, wie sehr ich dich will, und dann habe ich realisiert, dass ich frei bin, um dich für mich zu beanspruchen.« Er küsste mich, eine langsame und ausgiebige Reibung seiner Zunge und Lippen und ich gab mich ihm hin. »Sag, dass du mir gehörst«, flüsterte er. »Sag es.«

Das wollte ich. Ich hätte es auch fast getan. Ich hätte ihm beinahe alles versprochen, was er verlangte, aber die Panik der letzten Tage nagte noch immer an meiner Brust und meiner Kehle. »Sag mir, was mit Jessica passiert ist.«

»Ich befürchte, dass ich dich damit vertreiben würde, und das will ich nicht.«

»Ich kann es ertragen.«

»Also gut. Dreh dich um.«

Ich ließ den Saum meines Rockes los und drehte ihm meinen Rücken zu. Er legte seine Hände auf meinen Hintern, dann trat er näher und ließ sie meinen Rücken hochwandern, bis sein neuerwachter Penis gegen mich presste. Er öffnete den Reißverschluss von dem schlichten, schwarzen Kleid und legte daraufhin seine Hände auf meine Schultern, um mich wieder umzudrehen.

»Zieh es aus«, sagte er.

Ich ließ das Kleid von meinen Schultern und auf den Boden gleiten. Ich stand in meinen schwarzen Strapsen, den schwarzen High-Heels, dem passenden Spitzen-BH und einer feuchten Fotze vor ihm. Ich trat aus dem Kleid heraus und schob es zur Seite. Er beobachtete mich und ich konnte es fast spüren, wie sein Gehirn arbeitete. Er trat wieder an mich heran und kickte meine Beine mit seinem Fuß auseinander. Dann rieb er seine Handflächen über meine Vorderarme zu meinen Händen herunter. Er verwob meine Finger mit seinen. Seine Augen wirkten nicht unfreundlich, aber trotzdem hart und konzentriert.

»Ich würde dich jetzt bis zur Besinnungslosigkeit ficken«, sagte er, »aber ich habe noch nicht wieder Kondome besorgen können.«

»Du wirst es wieder gutmachen.«

»Was hat sie dir gesagt?«, fragte er.

»Ich habe sie gefragt, wie sie sich ihre Hand gebrochen hat und sie hat mit: *Jonathan kann manchmal ein wenig wild sein*, geantwortet.«

Er schnaubte, ein Geräusch, das man auch als ein kurzes Lachen hätte ansehen können, wenn der Rest seines Gesichtes nicht dermaßen hart gewirkt hätte. »Zum Ersten war das typisch Jessica und eine ihrer zusammenhangbezogenen

Lügen.« Er brachte meine Hände hinter meinen Rücken. »Lehn dich zurück.« Er hielt meine Arme fest, damit ich nicht fallen würde, bis mein Rücken durchgebogen genug war, um meine Hände auf das Rückenteil des Sofas zu stützen. Sein Körper folgte meinem, sein Atem an meiner Schulter, als er seine Hände über meine Schultern fahren ließ. »Als eine Aussage entspricht es sehr wohl der Wahrheit, aber im Zusammenhang ist es falsch. Zum Zweiten weiß sie nicht, von was sie spricht. Du, mein Schatz, hast mich wilder erlebt, als sie es sich überhaupt vorstellen könnte.«

Er trat einen Schritt von mir ab, ein Künstler, der an einem Kunstwerk arbeitete. Ich stand, Beine auseinander, Rücken gewölbt, Arme hinter meinem Rücken und abgestützt auf dem Zweisitzer. Ich fühlte mich ausgestellt, verletzlich und erregt. Er hatte Jessica eine Lügnerin genannt und zwar eine, die beim Lügen ihre eigene Marke vertrat. Ich bemerkte die Veränderung in seinem Benehmen. Er legte seine Hand auf meinen Rücken und drückte zu, wodurch er mich dazu brachte, dass ich gar keine andere Wahl hatte, als meinen Rücken noch weiter zu wölben. Er bot mich ihm dar und zwang mich, an die Decke zu sehen.

Sie lebt in Venice, am Wasser«, sagte er, als er meinen BH hochschob, um meine Titten freizulegen, damit er meine bereits aufgerichteten Nippel berühren konnte. »Und sie hat an dem Tag auf mich gewartet. Sobald ich die Einfahrt hochgefahren kam, stand sie schon in der Eingangstür. Sie hat sich bereits seit zwei Jahren nicht mehr gefreut, wenn sie mich gesehen hat. Und ja, ich habe an dich gedacht, aber ich habe auch gedacht, dass erst ein paar Stunden vergangen waren. Falls ich hätte aussteigen wollen, dann hättest du es verstanden. Oder auch nicht. Ich konnte in dem Moment nicht wirklich einen klaren, moralisch akzeptablen Gedanken fassen.«

Meine eigene Feuchtigkeit rann mein Beine herunter.

»Sie umarmte mich und zog mich ins Haus. Ich fragte immer wieder, was denn los sei, und ich hätte wahrscheinlich nicht überrascht sein sollen, aber es fehlte ein Haufen Krempel im Haus.«

»Ihr Freund hat sie verlassen und seine Sachen mitgenommen«, sagte ich.

»Ich war glücklich. Ich war aufgeregt. Ich fühlte mich, als hätte ich eine Art Krieg gewonnen.« Er streckte seine Hand nach unten aus, um meine Schenkel noch weiter auseinander zu drücken, obwohl ich mich fragte, wie es körperlich möglich gewesen war, dies umzusetzen. Seine Finger glitten durch meine Hitze. »Ein Krieg der Geduld. Sie hat uns Wein eingeschenkt und sobald sie damit anfing, darüber zu reden, wie froh sie doch wäre, dass er fort war, wusste ich, dass etwas nicht stimmte.« Er strich mit seinem Finger über meine Unterlippe und ich konnte mich selbst an ihm schmecken. »Das hier erregt dich.«

»Was du tust, nicht was du sagst.«

»Sie hat ihre Hände auf mich gelegt. Ich kann dir nicht sagen, wie lange ich darauf gewartet habe, dass sie mich wieder berührt.« Er schob seine Hand zwischen meine Brüste und ließ sie runter, bis zu meinem Bauch gleiten, berührte den Diamanten in meinem Bauchnabel und umkreiste ihn, bevor er seinen Weg zwischen meine Beine fand. Er streifte meine Fotze, nur lange genug, um die Feuchtigkeit zu ertasten, dann bewegte er sich weiter zu meinen Schenkeln.

Ich stöhnte und presste mich gegen ihn.

Er drückte seine flache Hand zwischen meine Beine und ließ mich die Arbeit übernehmen. Ich rieb mich an seiner Hand. »Und ich habe sie geküsst. Das gebe ich zu. Ich hätte mich nicht davon abhalten können. Sie hat gesagt: ›*Mach Liebe mit mir, Jonathan.*‹ Daraufhin habe ich sie auf die Couch geworfen.«

Ich verzog mein Gesicht. Ich wollte nicht, dass er sieht, wie mich das verletzte. Ich wollte ihn und seine Berührungen genießen. Ich wollte nicht hören, was ihn davon abgehalten hatte, mit seiner Ex-Frau Liebe zu machen. Hatte sie ihn in der letzten Minute von sich gestoßen? Oder war der Freund von ihr aufgetaucht? Mittlerweile war es mir egal. »Ich will es nicht hören«, sagte ich, während ich an die freigelegten Balken an der Decke starrte.

»Zu spät.« Er nahm sein Glas Perrier in die Hand und stellte es auf meine Brust. »Lass es nicht fallen.«

Ich würde ihn nicht ansehen können, weil sonst das Glas runterfallen würde. Es bildete sich ein eiskalter Bereich in der Mitte meines Brustbeins.

Er kniete sich zwischen meine Beine. »Sie hat noch genauso gerochen wie damals. Wie gemähtes Gras.« Er küsste die Innenseite meines Schenkels, leckte die Säfte meiner Fotze weg, als er seinen Weg nach oben suchte. »Und ich dachte, *ah, ich erinnere mich an diesen Geruch.* Und ich küsste sie, aber…« Er stoppte und platzierte einen kleinen Kuss auf meine Klitoris. »Ich bemerkte, dass ich sie nicht wollte. Und der Duft nach gemähtem Gras?« Seine Zunge wanderte von meiner Fotze zu meiner Klitoris und wieder zurück.

Ich stöhnte erneut, dieses Mal lauter. Er öffnete mich. Die Luft an sich war ein physischer Einfluss, der mich erregte, und ich wollte ihn, nur dieses eine Mal, auch wenn es das letzte Mal sein würde.

»Der Geruch nach gemähtem Gras war nicht Liebe. Es war Dankbarkeit. Es fühlte sich an, als würde ich eine meiner Schwestern küssen.« Er saugte an meiner Klitoris, eine schnelle, sanfte Berührung, die mir einen Schrei entlockte. »Dann habe ich an dich denken müssen und ich wusste, dass ich dort so schnell wie möglich verschwinden musste. Das war das Ende im Hinblick auf dieses Thema.«

Damit legte er seine Zunge auf meine Klitoris, hüllte sie mit seinem heißen Atem ein, schnellte seine Zunge darüber, bis ich glaubte, dass ich mit Sicherheit das Glas umwerfen würde. Auch ich empfand in diesem Moment Dankbarkeit und es roch keineswegs nach gemähtem Gras.

»Küssen ist mit Fremdgehen gleichzusetzen«, sagte ich. »Auch wenn du es hattest machen müssen, damit du über sie hinweg kommen konntest.«

»Yeah. Aber ich habe mir gedacht, dass wenn ich es schaffen sollte, meine Lippen auf deine Fotze zu legen, bevor ich dir alles erzähle, dass du mir dann vielleicht vergeben würdest. Ich denke, dass wir beide mit einer ähnlichen Strategie in diesen

unterwerfen

Raum gekommen sind.« Er schob seine Finger in mich hinein. »Falls dieses Glas auf den Boden fällt, höre ich auf, und du gehst wieder mit einem Baseball nach Hause.«

»Ich vergebe dir nicht.« Kaltes Kondenswasser tropfte meine Brust und an meinen Seiten herunter.

»Ich weiß.« Er stieß seine Finger so tief wie möglich und benutzte seine andere Hand, um die harte Knospe am oberen Ende meines Schlitzes zu offenbaren. »Du hast eine wunderschöne Fotze, Monica.«

Ich hatte keine Minute, um darüber nachzudenken, wie sich dieses Wort, wenn es von den Lippen einer anderen Person gekommen wäre, abartig und verdorben angehört hätte, als er auch schon seine Zunge auf meine Klitoris legte und jeder meiner Gedanken wie weggefegt schien. Drei Mal ließ er die Spitze seiner Zunge über meine Klitoris flattern und dann saugte er einmal daran. Dann schnellte er vier Mal darüber und rundete dies mit einem ausgiebigeren Saugen ab. Er schob seine Finger in meine Höhle, dann wieder heraus, dehnte mich, während er wieder an mir leckte, bevor er seine Finger ein weiteres Mal in mir vergrub und seine Zähne sanft über meine Klitoris kratzte.

»Oh, Gott«, schrie ich. Der Schmerz war durchdringend, aber wurde sofort von einem Schub der Lust eingeholt, etwas, dass ich so zuvor noch nie erlebt hatte, als wären meine Nervenenden von dem Biss freigelegt und so konditioniert worden, dass sie bei jeder kleinsten Berührung zum Leben erwachten.

»War das ein gutes ›oh, Gott‹ oder ein schlechtes ›oh, Gott‹?«

»Großartig, gut, verdammt, Gott.«

Er tat es noch einmal, presste seinen Zähne ein wenig härter dagegen und fügte noch ein Saugen zu der Reibung seiner Zähne dazu. Der Schmerz bewegte sich mit der Lust im Einklang, von zwei verschiedenen Polen aus, um sich im Zentrum meines Körpers zu treffen. Ich krümmte mich so sehr, dass das Wasser aus dem Glas und auf meinen Bauch schwappte, aber es fiel nicht um.

Er saugte meine Klitoris an seinen Zähnen vorbei und ich füllte seinen Mund mit Sternen.

»Ich komme. Scheiße. Jonathan...«

Er stöhnte in mich hinein und ich wusste, was das bedeutete. Es war mir erlaubt zu kommen. Er stoppte oder pausierte nicht lang genug, um den Güterzug mit meinem Orgasmus aufzuhalten. Ich versuchte, meinen Körper still zu halten, aber zum Ende hin, als sich das Saugen so anfühlte, als würde auch noch das letzte bisschen Lust aus mir herausgesaugt, verlor ich die Kontrolle über meinen Körper und das Glas wackelte, bevor es schließlich über den Boden rollte. Mein Rücken bog sich noch weiter durch. Mein Kopf endete auf einem Kissen hinter mir und Jonathan musste aufstehen, damit er seinen Kopf zwischen meinen Beinen behalten konnte. Noch immer saugte er, auch nachdem ich bereits versucht hatte, seinen Kopf wegzuschieben, und seine Finger, feucht von meinem Geschlecht, hielten meine Beine für ihn geöffnet.

Er bewegte seinen Mund von mir weg, als ich nur noch ein erschöpftes, zitterndes Häufchen Lust darstellte. Ich atmete schwer und versuchte mich zu fassen. Er legte seine Hände um meine Hüften und hob mich in eine stehende Position. Ich konnte noch immer nicht reden. Er schob meinen BH sanft zurück über meine Brüste und hob dann mein Kleid vom Boden auf. Ich fiel in seine Arme und er lachte, während er versuchte, mich in einer aufrechten Position zu halten.

»Geht's dir gut?«

»Ich glaube nicht, dass noch alle meine Körperteile an mir dran sind.«

»Du siehst noch genauso perfekt aus wie vor zehn Minuten.«

Ich atmete ihn für einen kurzen Moment einfach nur ein, nahm den neuen, erdigen Duft in mich auf. »Ich glaube nicht, dass ich im Moment genügend Gleichgewicht besitze, um mich selbst anziehen zu können.« Ich fand meine Fassung wieder, fühlte mich auf eine Art und Weise sexuell befriedigt, von der ich wusste, dass es nicht lange andauern würde. Ich könnte in nur wenigen Minuten für die nächste Runde bereit sein.

Jonathan fand die Kopföffnung in meinem Kleid und hob es über meinen Kopf.

Ich schlüpfte meine Arme durch die Ärmel. »Was hat sie für dich getan, dass du dich ihr gegenüber dermaßen dankbar zeigst.«

»Ich werde jetzt sehr kryptisch sein«, ließ er mich wissen.

»Großartig.«

»Als ich jünger war, musste ich durch einige Sachen durch und ich wurde behandelt, als wäre das meine Schuld gewesen. Ich war nur noch ein Opfer. Sie hat mir gezeigt, dass ich für mich selbst verantwortlich bin. Sie hat mir meine Männlichkeit zurückgegeben. Ist das zu herzerwärmend für dich?«

Ich bemerkte den Sarkasmus im letzten Satz, aber auch die abwehrende Haltung. Ich drehte ihm meinen Rücken zu und schob meine Haare zur Seite, damit er meinen Reißverschluss zu machen konnte.

»Wie hat sie sich ihr Handgelenk gebrochen?«, fragte ich.

Er schloss langsam mein Kleid. »Ich habe ihr gesagt, dass es mir leid tut und dass ich das mit ihr nicht mehr machen könnte, diesen Tanz, den wir absolviert haben. Sie rannte mir nach draußen nach und fiel hin. Sie ist auf ihre Hand gefallen. Ich konnte meinen Arzt nicht ans Telefon bekommen, als hab ich sie in die Notaufnahme gebracht und dort auf sie gewartet. Die einzigen Worte, die sie dort zu mir gesagt hat? ›Ist es das Mädchen?‹ «

»Sie hat von mir gesprochen?«

»Ich nehme es an.«

»Was hast du geantwortet?«

»Ich habe gelogen.«

Ich drehte mich wieder zu ihm um. »Du hast ihr gesagt, dass ich kein Mädchen wäre?«

Er lächelte. »Ich habe ihr gesagt, dass du mir nichts bedeuten würdest. Ich denke, ich habe das Wort *Zerstreuung* benutzt.«

»Bin ich eine Zerstreuung?«

»Nicht für mich. Nicht mehr.« Er wirkte nachdenklich, als er mein Kleid glättete. »Aber du siehst ja, was sie bereits macht, wenn sie davon ausgeht, dass du nur das bist. Sie unternimmt einen Ausflug ins *Stock*, nur um dir wehzutun. Wenn sie wüsste, dass ich ununterbrochen an dich denken muss…na ja, sie ist besitzergreifend. Sogar nachdem sie mich verlassen hat, hat sie sich immer sehr viel Mühe damit gegeben, herauszufinden, mit wem ich gerade zusammen war und was ich mit dieser Frau alles angestellt habe. Ich habe gedacht, dass es bedeuten könnte, dass sie mich noch immer liebt, aber eigentlich bedeutet es nur, dass sie verrückt ist.« Er küsste meine Hände, dann meine Wange. Sein Gesicht roch nach meinen Säften. »Hast du noch ein paar Minuten?«

»Ein paar. Ich nehme in ein paar Stunden etwas auf. Ich habe unser Treffen so gelegt, damit wir nicht Ewigkeiten miteinander verbringen könnten.«

»Kluges Mädchen.«

»Na ja, jetzt würde ich dich allerdings gerne lebendig verspreisen.«

Er drehte mich zu sich und küsste mich. Sein Geschmack auf meiner Zunge war eine Mischung aus Sex und Schweiß. Ich ließ mich gegen ihn fallen und ein Stöhnen war dabei meine Kehle hochzuklettern. Ich wollte ihn, immer und immer wieder.

Er bewegte seinen Mund zu meiner Nase, meinem Kinn und sprach an meiner Wange. »Ich muss mich kurz frischmachen. Können wir uns unten in der Bar treffen?«

fünf

Ich hatte immer eine Zahnbürste in meiner Tasche, denn ich wusste, dass zumindest sein Schwanz immer in meinem Mund landen würde, und ich wollte die hohen Noten im DownDawg Studio, nicht mit einem Blowjob-Atem treffen. Ich wusch mir mein Gesicht, rückte mein Kleid zurecht und schlüpfte in das frische Höschen, das ich mir eingepackt hatte. Diese führten dazu, dass sich meine Muschi anfühlte, als würde sie gewürgt werden, aber wenn ein Teil meines Körpers mal die Fresse halten sollte, dann war es die überquellende Tasse, angefüllt mit Sensation, zwischen meinen Beinen.

Er wartete an einem kleinen Tisch am Fenster, eine Flasche Perrier und zwei Gläser standen schon bereit. Er sah, wie ich reinkam und ich bemerkte die Wertschätzung in seinem Blick.

»Wie viel Zeit habe ich?«, fragte er. Er nahm sich ein paar beigefarbene Pistazien aus einer Porzellanschüssel. In einer kleinen Metallschale, die daneben stand, befanden sich bereits einige Pistazienschalen.

»Um die neunzig Minuten. Keine Zeit für eine weitere Runde.« Ich setzte mich hin. Unsere Stühle zeigten in die

Richtung der Fenster und standen so nah aneinander, dass sich unsere Knie berührten.

»Das ist in Ordnung. Ich wollte mich nur mit dir unterhalten.«

»Du riechst anders«, sagte ich.

Er lächelte. »Das letzte Kölnischwasser…Jessica hatte es mir vor sieben Jahren zu Weihnachten gekauft. Ich habe mir im Norden etwas Neues herstellen lassen. Magst du es?«

»Es ist die andere Seite von dir.«

Er entfernte das Innenleben einer Nuss und hob es an meine Lippen. Ich sah mich um. Die Bar war leer, abgesehen von Larry, der zur optischen Vollendung an einem Glas umherwischte. Ich nahm die Nuss wie eine Opfergabe zwischen meine Lippen.

»Welche Seite wäre das?« Er sah mich mit diesen turmalinfarbenen Augen an, seine kupferfarbenen Haare glitzerten an den Spitzen von der Nachmittagssonne.

Ich wusste nicht, ob es mir erlaubt war, mich in ihn zu verlieben, auch wenn er Jessica jetzt wie eine alte Haut abgelegt hatte. Ich wusste nicht, ob ich mir erlauben konnte, zu glauben, dass sie wirklich weg war oder ob sich zwischen uns überhaupt irgendetwas verändert hatte. »Die Seite, die mich zum Flehen bringt.«

»Du magst diese Seite an mir?« Er zerbrach eine weitere Pistazie und schmiss die Hülle, was ein *Klirren* zur Folge hatte, in die kleine Metallschale.

»Hast du das nicht von allein bemerkt?«

»Ich möchte nur sicher gehen, dass du diese Akzeptanz nicht von anderen Gründen abhängig machst.« Er legte die Nuss wieder an meine Lippen.

Ich nahm sie entgegen und ließ den feuchten Teil meiner Lippen mit seinem Daumen in Berührung kommen. »Selbst wenn das der Fall sein sollte, könnte ich ja einfach lügen.«

»Stimmt.«

»Was sagen dir deine Instinkte? Bin ich eine Lügnerin?«

»Du bist genauso real, wie all die Menschen, die ich bisher kennenlernen durfte.«

Er wandte seine Aufmerksamkeit wieder einer Pistazie zu, öffnete diese und ließ die Schale mit einem *Klirren* fallen. Er aß sie, dann eine weitere. *Klirrfaktor mal zwei.* »Ich hatte in San Francisco etwas Geschäftliches zu erledigen, aber es gibt dort oben auch eine Frau.«

Das kalte, metallische Gefühl, das meine Wirbelsäule hochkletterte, musste ein Geräusch gemacht haben, laut genug, damit er es wahrnehmen konnte.

Er blickte zu mir auf und sprach mit der gleichen Stimme, die er auch benutzte, sobald er mir sagte, dass ich meine Hände hinter meinen Rücken nehmen sollte. »Warte. Lass mich zu Ende reden.«

Das beruhigte mich genug, um das Eis aus meinen Venen zu entfernen. »Bitte«, sagte ich.

Er fütterte mir eine weitere Nuss, die Hülle warf er mit seiner anderen Hand mit einem klirrenden Geräusch in die Schale. »Ihr Name ist Sharon. Wir haben schon seit Jahren immer mal wieder miteinander gevögelt. Wir sind sehr ehrlich miteinander und sie mag einige der gleichen Dinge, die auch wir bereits im Bett getan haben, aber sie ist weitaus erfahrener auf dem Gebiet. Als ich dort ankam, bin ich zu ihr gefahren und habe ihr von dir und Jessica erzählt. Natürlich habe ich die Sache mit ihr beendet. Und wenn ich mir dein Gesicht im Augenblick ansehe, musstest du diese Worte aus meinem Mund hören?«

»Sorry. Ich wollte nicht besitzergreifend rüberkommen.«

Er lächelte. »Alles gut.« *Klirr.* Er brachte sein Gesicht nah an meines und legte seine Hand unter mein Kinn, den Daumen auf eine Wange, und presste dann leicht, bis sich mein Mund etwas öffnete.

Meine Augen senkten sich auf Halbmast ab und eine explosionsartige Welle der Lust blühte zwischen meinen Beinen auf.

Mit der anderen Hand fütterte er mir eine Nuss. »Ich will dich, Monica. Ich will dich auf einer regulären Basis. Immer, um ehrlich zu sein. Es ist mir nicht möglich, überhaupt noch an andere Dinge zu denken.« Er ließ meine Wange los, um mit seinem Daumen über meine Unterlippe zu streichen, bevor er ihn fortnahm und mich kauen ließ. »Ich stehe kurz davor, mich komplett von dir betören zu lassen. Ich muss wissen, ob es dir genauso geht.«

Ich schluckte. Ob ich ihn wollte? Heilige Scheiße, noch nie hatte ich etwas so sehr gewollt. Ich trank einen Schluck Wasser. »Während du weg warst, und da die letzten Worte, die ich gehört habe, von Jessica waren, fühlte ich mich emotional aufgebläht. Manchmal bebte ich vor Wut. Es macht auch keinen Unterschied, dass du nichts getan hast oder nicht *viel* getan hast oder dass du sie hattest küssen müssen, um über sie hinwegzukommen. Die Tatsache ist, dass ich eine harte Zeit damit hatte, überhaupt zu funktionieren. Genau das ist der Grund, warum ich keine Beziehung möchte. Und das Problem ist, dass du mir nicht versprechen kannst, dass ich mich nie wieder so fühlen werde.«

»Nein, das kann ich nicht.« *Klirrfaktor mal zwei.*

»Aber wie soll ich es nur schaffen, von dir davonzulaufen?«

»Das wirst du nicht. Du gehörst mir. Von der Minute an, als ich dir gesagt habe, dass du deine Beine für mich spreizen sollst und du es getan hast, hast du mir gehört. Als ich dir gesagt habe, dass du mich anflehen sollst und du es getan hast, hast du mir gehört. Als du deine Hände hinter deinen Rücken gebracht hast, ohne dass ich es dir sagen musste, bist du zu meinem Eigentum geworden. Du musstest keine Worte darüber verlieren. Du bist eine natürliche Sub.«

Klirr. Als er sich von der Schale wegdrehte, um mich anzusehen, hatte er eine Nuss zwischen seinen Fingern, bereit für meine Lippen. Sein Gesicht, das ganz nah an meinem war, zog sich ein wenig zurück. »Wieso schaust du mich so an?«, fragte er.

»Was hast du da gerade gesagt?«

Er grinste und brachte sein Gesicht wieder nah an meines heran. »Dass du eine natürliche Sub bist, Monica. Du genießt es, mir gehorsam zu sein. Du bietest mit beiden Händen deine Kontrolle an. Das ist genau richtig so.«

Ich zitterte. Ich wollte ihn, und vor zwei Minuten hatte er mir auch noch gehört. Er hatte seine Frau hinter sich gelassen und wollte mich, und der Schmerz, der mich beherrschte, weil ich meine Gefühle zurückhalten musste, ebbte ab, wenn auch nur für einige Augenblicke. Bis er mich eine Sub genannt hatte.

Ich nahm mir meine eigene verdammte Nuss und schälte sie. »Was hast du dir für uns überlegt? Wolltest du mich an eine Leine legen?«

»Du hast dich gerade in einen Steinklotz verwandelt.«

Ich kaute, kommentierte aber nicht. Ich wollte eine Antwort. Er verlängerte den gesprächslosen Zeitpunkt noch, in dem er sich ein Glas Perrier eingoss und ich war sofort an das Glas erinnert, das ich auf dem Boden vergossen hatte.

»Frauen, die ich in mein Bett nehme, fordern mich meistens heraus, tun so als wären sie niedlich oder übertreiben den Gehorsam, stehen aber nicht drauf. Viele tun nur so, als würden sie es mögen, an den Bettpfosten gefesselt zu werden. Eine war so einvernehmlich, dass es beunruhigend war.«

»Und diese Sharon?«

»Sie ist eine Sub. Das ist, was sie macht. Also ist sie perfekt darin, aber es war nicht diese Art von Beziehung. Ich konnte mit ihr über alles reden, was ich wollte und wir konnten zusammen neue Dinge ausprobieren. Aber sie ist nicht du. Ich will dich. Ich kann nicht genug von dir bekommen. Du bist stark. Ich will sehen, wie du aussiehst, wenn deine Handgelenke an deine Knie gefesselt sind. Ich will dir ein Spanking verpassen und sehen, wie sich dein Hintern rot färbt, denn ich weiß, dass du damit fertig wirst.« Er pausierte, sah mich einfach an. »Und ich glaube, dass ich dir Angst gemacht habe. Es ist nicht, was du denkst. Ich will nicht mehr von dir, als das, was du mir bereits die Male zuvor angeboten hast.«

»Und das anscheinend mit beiden Händen.«

»Das ist etwas wunderschönes, Monica. Mach es nicht zu etwas Hässlichem.« Er legte seinen Kopf auf die Seite, als ob er versuchen würde, durch mich hindurch zu sehen.

unterwerfen

Ich warf meine Hülle von der Pistazie mit einem *Klirren* in die Schale und fühlte mich mies und verwirrt. »Ist Jessica eine Sub?«

»Nein. Ich denke, das war, was sie von mir entfernt hat.«

Ich konnte nichts dagegen machen, dass ich dachte, dass Jessicas Verweigerung dominiert zu werden, bedeutete, dass er sie für immer mehr respektieren würde als mich. Ich würde für alle Zeit dieses Mädchen darstellen, die man umherkommandieren, abweisen, niedermachen und verletzen könnte.

»Monica, sag mir, was du denkst.«

»Nein«, sagte ich.

»Nein, was?«

»Nein. Einfach nur nein.« Ich schnappte mir meine Tasche. »Aber danke, dass du mich in Erwägung gezogen hast.«

Ich unternahm lange Schritte in meinen High-Heels, nickte Larry zu, den ich wahrscheinlich nie wieder sehen würde, und lief den Korridor entlang, wo die Fahrstühle warteten. Da gab es ein Bild in meinem Kopf, ein Gedanke, und ich versuchte es zurückzuhalten. Irgendetwas in Verbindung mit den Nüssen und was er mir gesagt hatte, brachte eine Erinnerung an die Oberfläche zurück.

Er umfasste meinen Ellbogen, gerade als ich den Knopf des Fahrstuhls gedrückt hatte. »Monica.«

»Fass mich nicht an.«

»Was ist denn mit dir los?«

Die Türen öffneten sich. Ich hätte nicht erwartet, dass er mir folgen würde, aber er tat es.

»Lass mich allein.«

»Nein. Scheiße, nein!«

Die Türen schlossen ihn mit ein und wir fuhren nach unten.

Er umfasste meinen Oberarm. »Was ist denn nur los? Ist es das Wort? Wir finden ein anderes dafür.«

»Es ist nicht das, was ich will. Bitte. Vergiss einfach alles. Es tut mir leid. Ich kann das einfach nicht.«

»Warum?«

Ich wollte über das Warum nicht nachdenken. Ich wollte keine Fragen beantworten. Ich schaute zu ihm auf und hoffte, dass ich vielleicht ein paar Sätze so zusammenfügen könnte, dass sie Sinn ergeben würden, dass sie als Grund akzeptabel wären, ohne dass ich dieses Bild, das ich zurückhielt, durchlassen müsste. Sein Gesicht, seine Körperhaltung, alles sagte mir, dass ich ihn verletzt hatte.

»Es tut mir leid«, sagte ich, als sich die Türen wieder öffneten. Ich rannte nach draußen, in den Flur, durch die Lobby und auf den Parkplatz. Lil saß mit den anderen Fahrern zusammen und stand auf, sobald sie mich sah, aber ich rannte an ihr vorbei. Ich stieg in mein eigenes Auto und fuhr los, noch bevor der Motor überhaupt zündete.

Die Straßen im Stadtzentrum rüttelten das Auto durch. Ich konnte nicht ordnungsgemäß fahren. Mein Verstand bestand aus einer Suppe von Bildern, die ich rigoros ignorierte. Ich fuhr bei einer Einfahrt an der Straßenseite rechts ran und parkte das Auto.

Meine Hände zitterten. Ich musste mich erst wieder beruhigen. Ich müsste in einer Stunde einen Song aufnehmen. In Burbank. Wer wusste schon, wie der Verkehr dorthin aussehen würde?

Einatmen. Ausatmen.

Als ich mich langsam entspannte, spürte ich einen Anflug von Erregung unter meinem Rock. Ich schloss meine Augen und dachte an die dümmliche Kacke, die ich bald singen müsste, die Klischees und simplen Akkorde. Ich müsste *mich* dort irgendwie mit einbringen. Ich müsste in etwas Leben einhauchen, das tot war. Das war alles, an was ich denken sollte.

Ich hörte ein *Klirren* auf dem Dach meines Autos. Dann noch einmal. Es hatte angefangen zu regnen. *Klirrfaktor mal zwei.* Durch meine Entspannung fand die Erinnerung ihren Weg. Die Erinnerung, die ich versucht hatte, auszuschließen.

Ein Club. Kevin und ich waren oft ausgegangen, hatten Orte besucht und Dinge während der Nacht getan, in den komischen Stunden, in den dunklen Ecken der Stadt, hatten Subkulturen aufgesucht und verdrehte Lebensstile entdeckt.

Weil wir beide Künstler waren, lag nichts außerhalb unseres Verständnisses oder unserer Erfahrung.

Der Club war dunkel. Ich war schon einmal hier gewesen. Nichts an diesem Ort war auch nur im Geringsten etwas Besonderes. Wir saßen am Ende der Bar, an der Wand. Ich hatte etwas getrunken und Kevin hielt meine Hand in seiner. Seine Fingerspitzen waren vom dem Eis in seinem Glas ganz kalt und ich genoss die Art und Weise, wie er mit diesen auf die Innenseite meines Handgelenks Kreise zeichnete. Es fühlte sich köstlich an und ich liebte es.

Ich hörte hinter mir ein Quietschen, das von alten Scharnieren stammte. Ich sah in diese Richtung. Die Wand hinter uns schien eine versteckte Tür zu haben und ein Regal, was sich zeigte, als eine falsche Wand herausschwang. Eine Frau mit verbundenen Augen, die in meinem Alter war, war an das Regal gefesselt, auf ihren Händen und Knien, Hände und Kopf dem Raum zugewandt. Sie trug eine Konstruktion, die aus Lederschlaufen bestand, das ihre Handgelenke an ihre Knie fesselte. Ein silberner Ring mit dem Umfang einer Kastagnette hielt ihren Mund geöffnet und ihren Kopf oben. Die Lederkonstruktion, die es an Ort und Stelle hielt, war um ihren Kopf befestigt und mit einem Haken an der Wand befestigt.

Der Barkeeper stellte eine Metallschüssel unter das Regal, unter dem das Mädchen präsentiert wurde und kümmerte sich dann wieder um sein Geschäft, als wären Mädchen hier ständig an die Wand gekettet. Kevin versuchte nicht hinzusehen und auch wenn ich mich bemühte, meine Gedanken bei der Unterhaltung zu halten, die wir mit Jack und seiner Freundin hatten, schweiften meine Augen doch immer wieder zu dem Mädchen zurück. Sie trug ein pinkes Baumwollhöschen, das nicht zu dem schwarzen Lederbustier passte, das sich gegen ihre Titten und Rippen presste, aber als ich einen sorgfältig platzierten Spiegel entdeckte, wusste ich warum. Ihr Höschen war im Schritt durchtränkt und das Pink zeigte ihre Erregung auf eine Art, wie es Leder nicht vollbringen würde. Ich drehte mich wieder Teilen der Unterhaltung zu, über die Entwicklung der Kunst in den Achtzigern.

Ich hörte ein *klirr, klirr* und folgte dem Geräusch zu der Metallschale. Ich streckte meinen Nacken. Es beinhaltete ein paar Tropfen einer weißen, fast durchsichtigen Flüssigkeit. Ich sah wieder nach oben. Das Mädchen, ihr Mund, der durch den Ring offengehalten wurde, sabberte Speichel und Sperma. Die vermischten Körperflüssigkeiten liefen ihr Kinn entlang und tropften in die Schüssel. *Klirr, Klirr.*

Ich fand ihre Augen unter dem Saum der Augenbinde. Sie sah weg, als sich unsere Blicke trafen. Da realisierte ich, dass sie durch diese hindurch sehen konnte. Die Augenbinde existierte nicht, um ihre Identität oder sie vor den Blicken aus unserer Richtung zu schützen, sondern um uns vor dem Anblick ihrer Erregung zu schützen.

Ich war nicht sie.

Das war eine Sub. So war ich nicht. Nein, nein, nein.

Kevin und ich waren an dem Tag heimgegangen und keiner von uns hatte dieses sabbernde Mädchen jemals wieder erwähnt. Wir urteilten niemals. Wir waren zu intellektuell und weltoffen dafür. Wir waren zu verdammt cool, um es uns überhaupt anmerken zu lassen, dass wir etwas gesehen hatten. Ich hatte uns gehasst. Die Leute, die wir dargestellt hatten, waren hasserfüllte Snobs, die niemals die wirklich wichtigen Fragen über das Leben stellten. Wie zum Beispiel, warum eine Frau den Erguss ihres Masters in eine Metallschüssel sabberte und dabei jedem ihre Fotze präsentieren wollen würde.

Da saß ich nun, zitterte in meinem Honda, weil Jonathan dieses Mädchen in mir erkannt hatte. Auf seinen Befehl hin hatte ich meinen Mund so weit geöffnet, dass eine Kastagnette darin Platz gefunden hätte, nur damit er meine Kehle hatte ficken können.

Hör auf.

Ich musste damit aufhören. Ich musste gleich singen. Aber jedes Mal wenn ich das *Klirren* des Regens auf meinem Autodach vernahm, war es eine Pistazienschale und ich sabberte Jonathans Sperma in eine Metallschüssel.

sechs

Auf dem Highway 101 realisierte ich, dass ich noch immer diesen verflixten Piercing in meinem Bauchnabel hatte. Es fühlte sich an, als würde ich auch so eine Lederkonstruktion an meinem Körper tragen. Ich würde es nach meiner Aufnahme einfach im *Hotel K* abgeben. Mein Handy tanzte über den Beifahrersitz. Es könnte Jonathan sein, aber es war ja nicht so, dass er die einzige Sache war, die sich gerade in meinem Leben abspielte. Ich war allerdings froh, dass ich drauf gesehen hatte – WDE.

»Hallo, Monica«, sagte Trudie.

»Yeah, ich bin auf dem Weg.«

»Wir haben eine kleine Änderung vorgenommen. Die Aufnahme wird in dem DownDawg Studio in Culver City stattfinden, nicht in Burbank.«

»Oh. Habt ihr Gabby angerufen?«

»Yeah, ich habe mit ihr gesprochen. Warte, lass mich dir die Adresse durchgeben.«

Ich fuhr rechts ran und schrieb es auf. Ich war froh, dass ich Gabby nicht anrufen müsste, denn ich würde wahrscheinlich eine Stunde brauchen, schon ohne dass ich mit meiner Pianistin für zwanzig Minuten plappern würde, um alle Möglichkeiten durchzugehen, warum der Ort überhaupt gewechselt worden war.

Allerdings nutzte ich einen Moment, um durch mein Postfach zu scrollen. Nichts von Jonathan. Zwei meiner Emotionen, meine Erleichterung und meine Enttäuschung, waren greifbar. In diesem Moment blinkte das Handy auf und brummte in meiner Hand.

*– Ich werde dich jetzt
anrufen. Geh ran. –*

Oh, war das nicht ein saftiger Befehl? Geh ans Handy. Spreiz deine Beine. Was war da schon der Unterschied?

Als mein Handy klingelte, lehnte ich den Anruf ab und schickte ihm eine Nachricht.

*– Ich fahre gerade nach Culver City.
Ich kann mich jetzt nicht unterhalten. –*

*– Wir müssen uns nochmal
darüber unterhalten. Ich werde
auch andere Wörter benutzen. –*

Er bedeutete mir nichts, wirklich nicht. Falls ich ihn niemals wieder sehen sollte, wäre mein Leben auch nicht anders, als noch vor einem Monat. Nein, das war nicht wahr. Oberflächlich würde mein Leben noch genauso aussehen. Ich würde noch immer im selben Haus wohnen und dieselben Freunde haben. Aber irgendwie hatte ich mich verändert. Er hatte mich aus einem traumlosen Schlaf aufgeweckt und ich konnte mich nicht einfach auf die andere Seite des Bettes rollen und meine Augen erneut schließen; denn in meinem Zustand des Wachseins, hatte ich angefangen, zu träumen.

Ich las seine Nachricht noch einmal. Ich konnte, über das, was er mir gesagt hatte, nachdenken, aber ich konnte ihm nicht antworten. Ich konnte diese Person nicht für ihn sein, von der er dachte, sie in mir entdeckt zu haben, aber wenn ich diese Person nicht sein könnte, wer war ich dann? Ich konnte nicht mehr zurückgehen und irgendwie, in dieser kurzen Zeit, die vergangen war, seit dem ich ihn kennengelernt hatte, war er zum Dirigent meiner Vorwärtsbewegungen geworden.

Ich bin nicht unterwürfig.

Ich bin nicht unterwürfig.

Ich bin nicht unterwürfig.

Ich sang mir dieses Mantra bis nach Culver City vor, ignorierte das brummende Handy und jeden Gedanken daran, wohin ich gerade auf den Weg war und was ich dort machen würde.

Ich bekam meinen Verstand nicht zurück, bevor ich mein Auto schließlich parkte.

Mein Name ist Monica und ich bin nicht unterwürfig. Ich rage in High-Heels mehr als 1,80 m in die Höhe. Ich bin ein Nachkomme von einem der berühmtesten Schriftsteller des zwanzigsten Jahrhunderts. Ich kann wie ein Engel singen und wie ein Löwe knurren. Ich gehöre niemandem. Ich bin Musik.

sieben

Das DownDawg Studio war keine kleine Dreckhütte mit Eierverpackungen und Styropor an den Wänden. Auch roch es nicht nach Zigarettenqualm oder Fast Food und vor allem war es kein Ort, den wir uns allein hätten leisten können. Es gab drei in Los Angeles. Burbank, die ihre meiste Zeit damit verbrachten, Disney glücklich zu machen. Santa Monica, wo die reichen Bälger und die Mittelklasse-Rapper aus dem Westen Zuhause waren und Culver City, wo Sony Aufnahmen machte und anscheinend auch, wo WDE Entwürfe in die Tat umsetzte.

Das Gebäude befand sich auf dem Washington Boulevard im Zentrum von Culver City. Die renovierte, modernaussehende Box besaß auf der Vorderseite noch die originalen Casement Fenster, die im Einklang mit der Drei-Tonnen-Metalltür waren. Die Hinterseite war aus Ziegelsteinen, eine fensterlose grüne Box mit orangefarbenen Kanten, eine Kombination, die perfekt, modern und auch zudem völlig unsinnig aussah.

Der Parkservice kümmerte sich um mein Auto. Ein Tiffany Kissen, das in einem der Fenster lag, verwies mich auf die Rückseite des Gebäudes. Ich war bereits sieben Minuten zu spät. Meine Entschuldigung war die kurzfristige Ortsänderung. *Wer's glaubt.*

Ich öffnete die Tür und lief in den Technikraum mit der kompakten Kontrolloberfläche und dem Fenster, das den Blick auf den Schallraum freigab. Ein Mann, der ungefähr in meinem Alter war, hellbraune Haare hatte und ein Leinenshirt trug, das unter dem Pullover, den er noch zusätzlich anhatte, heraushing, sprach mit einem dunkelhäutigen Mann, der eine Cappy der Lakers auf hatte.

Hellbraunes Haar hielt mir seine Hand entgegen. »Ich bin Holden, dein Produzent. Das ist Deshaun.«

Deshaun bot mir seine Hand an. »Tontechniker. Meine Lady hat dich vor ein paar Wochen mal im *Thelonius* singen hören. Hat mir nur Gutes erzählt.«

»Oh, danke.« Ich errötete. »Fühlt sich an, als wäre es schon Ewigkeiten her.«

»Du hast den Liedtext bekommen?«, fragte Holden. »Was hältst du davon?«

Ich war der Meinung, dass es sich um ein Stück Scheiße hielt, aber Ehrlichkeit würde mich in dieser Situation nicht weiterbringen. »Wir haben einige Ideen, was wir damit anstellen könnten. Gabby ist auf dem Weg.«

Holden hüpfte von seinem Hocker runter und warf sich auf die Couch. »Erzähl mir, was du dir überlegt hast.«

Ich presste mein Liedblatt an meine Brust. Ich würde das hier schaffen. Ich konnte über meine Musik sprechen. Ich wusste, was ich zu tun hatte und ich war gut darin, aber die Unterhaltung mit Jonathan hatte meinen Verstand infiziert und ich sprach mit Holden und Deshaun über Dynamiken und Harmonien, während ich mir die gesamte Zeit über vorstellte, dass sie darüber Bescheid wussten, dass ich eine Sub sein könnte. Sie würden die Kontrolle über alles an sich ziehen und mir vorschreiben, wie ich Noten zu singen, zu atmen und wie weit ich meinen Mund zu öffnen hätte, damit ein Schwanz hineinpasste. Ich wusste, dass sie sich nicht über mich und mein anmaßend musikalisches Wissen lustig machten, aber irgendwie machten sie es doch.

Holden warf einen Blick auf die Uhr. »Langsam wird es spät.«

»Ich werde Gabby mal schreiben«, sagte ich, während ich bereits mein Handy aus der Hosentasche zog. »Sie ist wahrscheinlich schon draußen auf dem Parkplatz.«

– Wo zur Hölle bist du denn? –

– Bei Jerry, wir warten auf dich. –

Mir wurde flau im Magen. Ich drehte mich zu Holden um. »Kennst du einen Typ namens Jerry?«

»Er produziert ab und zu in dem Burbank Studio.«

»Kennt er Eugene Testarossa?«

»Yeah. Arbeitet ständig mit ihm zusammen.«

Ich tippte schnell.

– Da ist wohl was schiefgelaufen, ich bin in Culver City. –

Sie antwortete für eine lange Zeit nicht. »Sie ist in Burbank. Sie wird es niemals rechtzeitig hierher schaffen.« Ich sah in den Schallraum hinein. Ein Keyboard war bereits fertig, um darauf spielen zu können.

Als ob er meine Gedanken gelesen hätte, sagte Holden: »Falls du spielen kannst, könnten wir loslegen.«

Ich konnte spielen. Normalerweise musste ich mir wegen Gabby, deswegen keine Gedanken machen, aber ich beherrschte das Klavier recht gut. Mein Handy meldete sich.

– Nichts ist schiefgelaufen, das wurde mit Absicht so arrangiert. Jerry hat keinen Tontechniker auftreiben können und er schwafelt mir hier etwas über das Wetter vor. Hast du dort einen Tontechniker? –

Ich sah aus meinen Augenwinkeln zu Deshaun rüber, der auf seinem Handy herumspielte. Ich wusste nicht, was ich jetzt machen sollte. Falls ich spielen sollte, würde sie mir das niemals verzeihen und sollte ich es nicht machen, dann wäre ich eine rückgratlose Ziege, die hier mit nichts rauslaufen würde. Ein Niemand. Eine Enttäuschung.

»Lasst uns anfangen«, sagte ich, machte mein Handy aus und trat in den Schallraum.

acht

Die Sonne tauchte bereits hinter der Skyline unter, als ich wieder in mein Auto stieg und das Handy anmachte. Es machte keinen Sinn, so zu tun, als hätte mir Gabby keine Nachrichten hinterlassen und genauso wenig, dass ich die Mailbox abhörte. Ich rief sie einfach an.

»Moooooniiiiiicaaaaaa…« Sie war betrunken. Die Rauschstörung, die durch den Wind verursacht wurde, wurde durch den Klang von Musik und Gelächter im Hintergrund nur noch verschlimmert.

»Gabby, wo bist du?«

»Ich bin mit Lord Theodore am Santa Monica Pier. Wir sind auf dem Riesenrad.«

»Geht's dir gut?«

»Hast du den Entwurf mit denen aufgenommen?«

Ich rieb über die Unterseite des Lenkrads und starrte auf das Gebäude, als würde es mich von dieser Last befreien können, aber der große, grüne Kasten machte nichts, außer kastenförmig und modern auszusehen. »Yeah.«

»Wir wurden reingelegt, das weißt du doch. Ich jedenfalls. Er wollte mich nicht, also haben sie es so arrangiert, dass du die

Aufnahme ohne mich machen konntest. Das weißt du doch, oder?«

Sie schien es gut zu verkraften, aber sie war besoffen und auf einem Riesenrad, also konnte ich ihre Vergebung nicht für voll nehmen. »Geh doch nicht gleich davon aus, dass es in böser Absicht passiert ist, Gab.«

»Ach verdammt, wann genau hast du dich eigentlich in eine…was ist das richtige Wort? Wenn du immer an das Beste in Leuten glaubst? Du weißt schon, als hättest du nicht dein ganzes Leben in Los Angeles verbracht?«

»Ist Theo auch betrunken?«

Es raschelte am anderen Ende, dann hörte ich, wie Gabby vom Hörer wegsprach: »Hey, Baby, bist du betrunken?« Dann war ihre Stimme wieder deutlich zu hören. »Er sagt, dass er es vielleicht ist, vielleicht aber auch nicht.«

»Großartig. Soll ich kommen und dich abholen?«

»Fick dich, Monica.«

Die Verbindung brach ab.

neun

Mein Auto war das Einzige, das in der Einfahrt stand, aber die Lichter im Haus waren an. Ich stieg aus und ging rein.

»Wie ist es gelaufen?«, Darren stand in meiner Küche und wischte die Arbeitsfläche ab. Er hatte einen Schlüssel. Er hätte wohl genauso gut auch einziehen können. Schmarotzer. Im Moment hasste ich einfach alles und jeden, ihn auch. Er sah auf, als ich nicht antwortete. »Was ist passiert?«

Ich wusste nicht, was ich sagen sollte. Ich ließ meine Arme um seine Taille gleiten und hielt mich an ihm fest. Ich mochte seinen Geruch.

Er ruhte seine Wange auf meinem Kopf und strich mir über den Rücken. »Ist es der reiche Kerl?«

»Ja und nein.«

»Wo ist Gabby?«

Ich ließ meine Hände fallen und stieß meinen Kopf gegen seine Brust. »WDE hat uns reingelegt. Es hätte auch ein Versehen sein können, war es aber nicht. Ich kann es einfach fühlen. Am Ende standen wir beide vor unterschiedlichen Studios. Im Moment ist sie bei Theo und entscheidet selbst, welche Droge für sie am besten ist.«

»Wenigstens ist sie nicht allein. Theo ist ein Versager, aber er wird nicht zulassen, dass sie sich umbringt.« Er legte seine Hände auf meine Schultern und drückte mich von ihm weg, damit ich ihm wieder in die Augen sehen konnte. »Hast du die Aufnahme gemacht?«

»Ja.«

»Oh, Gott sei Dank, Mon.«

»Es fühlt sich an, als hätte ich sie im Stich gelassen.«

Er schüttelte seinen Kopf. »Die hätten nie wieder wegen einem neuen Termin angerufen, aber wenn die Aufnahme gut ist, werden sie es raussenden und dann hast du ein Standbein, auf dem du aufbauen kannst.«

Ich ließ meine Tasche auf den Boden und mich auf einen Küchenstuhl fallen. »Na ja, darüber werden wir uns wohl keine Gedanken machen müssen. Es war die schrecklichste Performance meines gesamten bisherigen Lebens.«

»Glaub ich dir nicht.«

»Wirklich.«

»Wegen meiner Schwester?«

Ich stützte mich mit meinen Ellbogen auf dem Tisch ab und vergrub meine Hände in meinen Haaren. »Nein.«

»Hättest du gerne einen Tee?«

»Ja, bitte.« Ich stand auf. »Ich werde ihn machen. Du wohnst noch nicht mal hier.«

Er drückte mich auf den Stuhl zurück. »Ich bringe es aber noch fertig, Wasser zum Kochen zu bringen.« Er holte sich Teebeutel heraus. »Ich bin mir sicher, dass es nicht so schlimm gewesen sein kann, wie du sagst, Mon. Denk mal darüber nach. Vielleicht bist du nur gerade dabei, die Trolle des Zweifels zu bekämpfen?«

Die Trolle des Zweifels waren Kreaturen, die in dem Verstand eines jeden Künstlers lebten. Sie zeigten immer dann ihre hässlichen Fratzen, wenn etwas Gutes passierte. Dann versuchten sie einem davon zu überzeugen, dass man wertlos und talentlos war, dass man nur Glück gehabt hatte. »Nein, ich hab es wirklich verkackt. Ich konnte keine Note halten. Ich war…abgelenkt.«

»Von?« Er stellte den Teekessel auf den Herd und drehte sich dann zu mir um, gegen die Arbeitsfläche gelehnt und mit verschränkten Armen über der Brust.

Konnte ich ihm das erzählen? Und wenn nicht ihm, wem dann? Ich atmete einmal tief ein und bereitete mich darauf vor, dass mein Gesicht mit Sicherheit gleich rot anlaufen würde. »Jonathan ist ein wenig pervers.«

Darren hob eine Augenbraue. »Ach du meine Güte.«

»Bitte mach dich nicht über mich lustig.«

Er zog sich einen Stuhl unter dem Tisch hervor, setzte sich und stützte seine Ellbogen auf dem Tisch ab. »Perverser Milliardär trifft heiße Kellnerin. Das ist ein Klischee eines Klischees. Ich liebe es. Will er, dass du ihn übers Knie legst?«

Die kribbelige Hitze erreichte schließlich meine Wangen. »Eigentlich ist es andersrum.«

Neeein.

Ich nickte, während ich an einem nichtexistierenden Fleck auf der Tischdecke rumkratzte. »Also eigentlich sind wir bisher noch nicht so weit gegangen, aber das ist die natürliche Dynamik zwischen uns. Er sagt mir, was für Sachen ich machen soll und ich mache sie dann. Er ist wild. Sehr wild. Und ich denke, dass er mehr will, eine intensivere Version von dem, was bereits passiert ist. Ich habe die Fassung verloren.«

»Hat er einen Kerker?«

Ich vergrub mein Gesicht in meinen Händen und murmelte ein gedämpftes »Nein« heraus. Ich sah zwischen meinen Fingern hindurch. »Wenigstens glaube ich das nicht.«

Er schwieg, rieb über sein Kinn und beugte sich dann über den Tisch. »Und er will dich als sein *offizielles* Fickspielzeug?«

»Oh Gott, Darren!«

»Das habe ich dich ja seit Jahren nicht mehr sagen hören.«

Ich stand so schnell auf, dass der Stuhl nach hinten fiel. »Ich bin wirklich durcheinander, Darren, und alles was du machen willst, ist rumwitzeln.« Ich drehte die Herdplatte aus und fing an, Tee zu machen. »Er denkt, dass ich eine natürliche Sub bin, was anscheinend ein Codewort für Fußabtreter ist und dass ich weniger wert bin als er. Und wahrscheinlich auch ein Code dafür, dass ich dann Jonathans kleines verficktes Fickspielzeug sein würde. Ich weiß ganz genau, was du gleich sagen wirst. Du wirst mir sagen, dass ich für keinen Mann die Hure spielen sollte. Und du hast recht. Sollte ich nicht. Ich bin doch kein unterwürfiges kleines Kätzchen oder sein gottverdammter Boxsack. Was zur Hölle denkt er sich nur dabei? Und weißt du, was ich darüber denke?«

»Ich habe keine Ahnung, was du denkst.«

Ich hielt den Teekessel hoch. »Willst du auch?«

»Sicher.«

»Zucker?«

»Monica?«

»Was?«

»Du wolltest mir sagen, was du denkst.«

Ich goss Wasser über den Tee. Darren nahm keinen Zucker, genauso wenig wie ich, aber ich wollte wenigstens eine Sekunde haben, in der ich diesem Gespräch aus dem Weg gehen konnte, bevor mir noch etwas Dämliches rausrutschen würde. »Ich kann das nicht sagen.«

»Du bist von keinem Mann die Hure.«

Ich starrte auf den Tee herunter, als er zog. »Ich weiß.«

»Aber du bist drauf und dran, dich in ihn zu verlieben.«

Die Anspannung fiel von meiner Wirbelsäule ab. Ich hasste Darren dafür, dass er das erwähnen musste und dass er mich so einfach durchschauen konnte, trotzdem war ich aber dankbar, dass er schaffte zu sagen, was mir nicht gelingen wollte. »Er ist witzig«, sagte ich. »Und selbstbewusst und warmherzig. Und er sieht mich an, als wäre ich die einzige Frau auf der Welt. Und du kannst dich gerne über mich lustig machen, aber…der Sex ist…« Ich suchte nach dem richtigen Wort und mir wollte einfach nichts Passendes einfallen. »Ich bin eine Fickspielzeug-Hure, oder nicht?«

Darren stand für seinen Tee auf, da ich diesen Job gerade wirklich nicht hinbekam. »Ich werde dir die Wahrheit sagen. Ich höre es nicht gerne, dass dich jemand auf diese Art und Weise behandelt. Es macht mich wütend. Ich würde ihn wirklich gerne ein wenig auf die Fresse schlagen.« Er goss heißes

Wasser in seine Tasse. »Und du bist schon viel zu lange allein. Du bist verletzlich. In Augenblicken wie diesen würdest du Dinge machen, die du normalerweise nicht machen würdest.«

»Yeah.«

»Falls du dich wieder verabreden möchtest, hättest du es vielleicht auch mal mit einem Date probieren sollen, weißt du?«

»Ich würde gerne darüber Scherze machen, dass du dich für eine lange Zeit nicht verabredest hast, nur um dich dann zu outen. Aber das kann ich nicht. Es ist das Richtige für dich. Aber diese Sache…ist nicht das Richtige für mich.« Ich holte den Beutel aus meiner Tasse raus und drückte ihn solange gegen den Löffel, bis es sich nur noch um einen kleinen Sack mit Blättern handelte. »Zu dumm.«

»Gabby hat ihn mit ihrem außergewöhnlichen Verstand, mit jeder anderen Person in Los Angeles verglichen, um alles über ihn herauszufinden und ich glaube, dass sie etwas gefunden hat, was sie dir zeigen wollte. Es hat sich nicht gut angehört.«

»Großartig. Geheimnisse. Die liebe ich ja ganz besonders.«

»Na komm«, Darren massierte mir meine Schultern. »Lass uns einen dämlichen Film einschmeißen und über Kevins Sache sprechen. Mir ist langweilig und ich habe mich dazu entschieden, dass ich es einfach wunderbar finden würde, wenn ich diesen Typ in den Wahnsinn treiben dürfte.«

Wir hatten uns noch nicht über Kevins Idee unterhalten. Auch hatten wir noch nie einen Film zusammen gesehen. Wir machten es uns auf der Couch bequem und sahen uns verschiedene Shows über Rockstars, die eine kräftezehrende Abhängigkeit zu bewältigen und sich irgendwann in ihren Fünfzigern wieder gefangen hatten. Ich schlief auf Darrens Brust ein, wo ich mich sicher und wohl fühlte, so als würde ich mich gerade bei Jonathan befinden.

Ich träumte von einem Niemandsland in der Wüste, wo der Himmel Geschichten erzählte, Liebeslieder sang und zwischendurch Werbung einblendete, während ich im Sand kniete und meine Hand in meine Hose schob, um den Schmerz

unterwerfen

zu lindern, der sich zu einem Bedürfnis in der Gewichtigkeit von Wasser entwickelt hatte .

Ich wachte zu dem Klang von Darrens Stimme auf, während er am Telefon sprach. Bei der Show *Morning Stretch* war der Lautsprecher auf stumm eingestellt. Darrens Stimme klang quietschig, aber ich dachte mir nichts dabei. Die Völle meiner Blase drückte sich im Inneren gegen einen sexuellen Teil meines Körpers, was dazu führte, dass ich mich angeschwollen fühlte und erregt war. Ich wollte ficken.

Ich ging in mein Zimmer, kroch ins Bett und nahm den Block, den ich auf meinem Nachttisch immer für die Ideen bereithielt, die nur nachts kamen. Ich schrieb:

Was wenn er mir ein Halsband anlegt? Mich schlägt? Mich spankt? Mich beißt? Mir in den Arsch fickt? Mich auspeitscht? Mich verletzt? Mich ausstellt? Mich knebelt? Mir die Augen verbindet? Mich mit anderen teilt? Mich bloßstellt? Mich fesselt? Mich zum bluten bringt? Mich emotional verkorkst?

Ich konnte nicht mehr schreiben. Meine Vorstellungskraft kam immer wieder mit neuen Dingen an, die er tun könnte und je tiefer ich grub, desto erschreckender wurden diese Dinge.

Ich ging ins Badezimmer und setzte mich auf die Kloschüssel, in der Dunkelheit, und versuchte, den Wachzustand zu vermeiden. Während meiner Unterhaltung mit Darren hatte ich meine Beziehung mit Jonathan definiert und auch wenn ich froh war, dass ich mich für eine Richtung entschieden hatte, war ich doch unglücklich mit dieser Entscheidung.

Ich hörte ein Klopfen an der Tür.

»Mon?«, flüsterte Darren.

»Benutz das andere Badezimmer.«

»Sie haben Gabrielle gefunden.« Er klang so gefasst, dass ich mir sicher war, dass es nichts Ernstes sein konnte. »Ich muss ihren Körper identifizieren.«

Ich stand auf, meine Hose um meine Knie. »Was?«

Er fragte kaum hörbar: »Kannst du mitkommen?«

zehn

In meinem Leben erlebte ich Trauer genauso, wie ich Liebe erlebte. Nachhaltig und mit nur wenigen Personen.
Mein Vater war mir mit neunzehn genommen worden. Ich hatte ihn nie oft zu Gesicht bekommen, auch wenn er gerade einmal nicht im Ausland stationiert war. Er hatte meiner Mutter gehört. Oben, in diesem beknackten Castaic, zwei Stunden nördlich von dem Zelt der Gelüste und der Versuchung, das ich mein Zuhause nannte. Sie hatte mich über den Verlust informiert, die Situation nur eiskalt als eine bessere Existenz mit einem wohlwollenden Gott beschrieben. Ich hatte mit ihr nicht darüber sprechen wollen, wie es passiert war. Ich hatte mich dazu entschieden seinen Vorgesetzten bei Tomrock anzurufen und der hatte mich dann wissen lassen, dass er unter Mörserbeschuss gestanden hatte, während er einen saudischen Prinzen zu einer zentralgelegenen Moschee in Kabul geleitet hatte. Ich hatte Dad immer gesagt, dass er beim Militär hätte bleiben sollen, dass er gefährdet wäre, wenn er sich in dieser Branche Selbstständig machen würde, aber er hatte genug von politisch orientierten Befehlen gehabt, die in einen Umhang aus Patriotismus gehüllt wurden. Wenn er dem

unterwerfen

Tod gegenübertreten sollte, dann wollte er, dass es auch beim Namen genannt wurde und er wollte ordentlich dafür bezahlt werden, wenn er ein derartiges Risiko eingeht. Ohne Trara. Keine Kostümierung mit Flaggendesign. Mein Dad war real gewesen. Er wollte das Leben so real erleben, dass es wehtat. Er war zweimal angeschossen und einmal niedergestochen worden, und mehr als einmal in Schlägereien in der Nachbarschaft verwickelt gewesen. Auch nach zwanzig Jahren Ehe hatte er immer die Tür für meine Mutter aufgehalten und sie wie eine Königin verehrt, auch wenn sie es nie verdient hatte.

Als er getötet worden war, dachte ich, dass ich verrückt werden würde. Ich fühlte mich verlassen, unsicher und verwaist. Ich hatte mich in der Zeit immer wieder dabei erwischt, wie ich nach rechts ranfahren musste, um kurz zu checken, wo ich eigentlich lang fahren musste, obwohl ich an diesem Ort bereits hunderte Male gewesen war. Ich hatte Darren in dieser Zeit so oft angerufen, einfach nur, um die Stimme von jemandem zu hören, der mich liebte. Ich war auch nicht aus dem Haus gegangen, solange ich es vermeiden konnte. Die einzige Sache, die mich damals gerettet hatte, neben Darren und Gabby, war die Musik. Dad hatte mir Klavier spielen beigebracht. Ihm gefiel mein ehrgeiziges Verhalten. Wenn ich also Klavier spielte, vor allem wenn ich vor Leuten spielte, fühlte ich mich wieder sicher. Als die Jahre vergingen, hatte ich immer wieder andere Dinge gefunden, die mir dabei halfen, mich sicher und geliebt zu fühlen, wodurch die Trauer langsam abebbte, bis sie nur noch ein dumpfer Schmerz aus Erinnerungen war, die nur bei einem bestimmten Bereich im Haus oder wenn ich mir Dads Mandarinenbaum im Garten ansah, an die Oberfläche trat.

Trauer hatte sich seit dem in einem sicheren Versteck aufgehalten, um aufs nächste Mal zu warten. Als Darren und ich nun der Polizistin zuhörten, wie sie uns davon erzählte, wie Gabby gefunden worden war, ertrunken, zwei Meilen nördlich vom Santa Monica Pier, hörte ich zwar zu, aber ich war zu sehr damit beschäftigt, den Eimer der Trauer vom umkippen abzuhalten. Darren brauchte mich und wenn ich in eine Kakophonie von Emotionen fallen würde, könnte ich nicht für ihn da sein.

Wir standen vor einer Plexiglas-Scheibe und beobachteten, wie eine Trage, die von einem Laken bedeckt war, in den angrenzenden Raum gerollt wurde. Ich fühlte, wie sich der Eimer, der mit Trauer angefüllt war, neigte und ausleerte, wie er seinen Inhalt meine Kehle runter und bis zu meinem Herz fließen ließ. Dort angekommen, schwappte die Trauer umher, sobald ich mich bewegte und ich war mir sicher, dass ich mein Herz bald mit einem Teelöffel davon befreien müsste.

Ich wusste zunächst nicht, was Darren gerade fühlte. Er identifizierte seine Schwester, die aufgebläht und blau aussah, dann drehte er sich herum, um zu gehen. Er brach weinend in meinen Armen zusammen. Ich versuchte mein Bestes, um ihn in einer aufrechten Position zu halten, aber die Polizistin mit den tintenschwarzen, lockigen Haaren musste mir helfen, ihn zu ihrem Schreibtisch zu verfrachten.

Die Polizistin brachte uns Wasser und eine Box mit Taschentüchern. »Hat sie irgendwelche Medikamente genommen?«

»Antidepressiva«, flüsterte Darren.

»Hat sie die mit Alkohol gemischt?«

Er griff nach meiner Hand. »Wir hätten sie abholen sollen. Wir hätten Theo nicht vertrauen dürfen. Scheiße verdammt. Gerade ihm nicht.«

Ich verstand es nicht. »Sie hat getrunken, sicher, aber ich dachte, dass sie ertrunken sei«, sagte ich zu der Polizistin.

»Technisch gesehen stimmt das. Aber was passiert, ist, dass Leute es übertreiben und da das Urteilsvermögen in Situationen wie diesen dann in Mitleidenschaft gerät, gehen sie schwimmen. Der Atem ist flacher und die Koordination schlechter, also verlieren sie den Kampf.« Sie hielt auf eine Art und Weise inne, die sich geübt und professionell anfühlte. »Mein herzlichstes Beileid.«

Wir unterzeichneten einige Dokumente. Sie wollte wissen, wohin sie den Körper senden müssen. Ich gab ihr den Namen des Bestattungsunternehmens, zu dem wir auch meinen Vater gebracht hatten, da in meinem Kopf im Moment kein Platz für andere Informationen war. Darren war emotional so am Ende, dass er keine Entscheidungen treffen konnte. Ich wusste nicht, wie wir es schaffen würden, hier herauszulaufen, aber wir vollbrachten das Unmögliche, langsam, denn je weiter wir uns von der Polizeistation entfernten, desto weiter entfernten wir uns auch von Gabby. Wir erstarrten auf dem Parkplatz, hielten uns an den Händen, ohne auch nur einen Muskel zu bewegen.

»Ich glaube nicht, dass ich nach Hause gehen kann«, sagte er.
»Du kannst mit zu mir kommen.«
»Nein.«
»Was ist mit Adam?«

Darren starrte einfach in die Ferne, sein Gesichtsausdruck leer. Ich wusste nicht, was ich als nächstes machen sollte. Er hatte neben Gabby keine anderen Verwandten mehr. Ich war alles, was er noch hatte und ich wusste nicht, wie ich ihm helfen sollte. Sein Blick fixierte sich auf etwas und ich folgte der Richtung. Theo schloss die Tür zu seinem Impala ab und kam humpelnd auf uns zu gelaufen. Ich drückte Darrens Hand fester.

»Lass uns einfach gehen«, sagte ich. »Versuche nicht, das heute klären zu wollen.« Ich zog ihn in die Richtung des Hondas. »Bitte.«

Er sah auf mich herab, große, blaue Augen, die mit roten Äderchen durchzogen waren.

»Wir haben so viel zu tun«, sagte ich. »Ich brauche dich. Bitte.«

Er blinzelte, als wäre etwas von dem, was ich gesagt hatte, zu ihm durchgedrungen.

Theo kam immer näher, winkte uns zu und trottete in unsere Richtung, als vermutete er, dass er uns vielleicht verpassen könnte. Ich zog Darren fort und versuchte Theo einen warnenden Blick zuzuwerfen. Ich gehörte nicht zu den Menschen, die beteten, aber ich betete, dass es hier jetzt nicht zu einem Streit kommen würde. Keine anklagenden Worte. Keine Verteidigung. Keine Entschuldigungen. Ich schob Darren auf den Beifahrersitz, genau als Theo uns erreichte.

»Mädchen...«, sagte er.

»Verschwinde, Theo.« Ich lief auf meine Seite des Autos.

»Denkst du denn, dass mich diese Situation kalt lässt? Ich habe sie davon abgehalten, bereits aus dem Riesenrad zu springen.«

»Ich werde dich wissen lassen, wann die Beerdigung ist, falls du die Eier hast, um dort aufzutauchen«, sagte ich, als ich die Autotür öffnete.

»Du bist doch diejenige, die sie verraten hat. Du hast die Aufnahme ohne sie gemacht.«

Ich schlug die Tür zu, bevor Darren auch nur noch ein weiteres Wort zu hören bekommen würde.

»Ich werde ihn umbringen«, sagte Darren.

»Nicht heute.«

Ich wusste, dass ich nur begrenzt Zeit hatte, um alles zu klären. Ich fühlte die Gedanken, die ich nicht haben wollte an meine Schutzmauer pochen. Sie sorgte dafür, dass ich funktionieren konnte. Ich brauchte diese Mauer. Sie war eine Percussion-Gruppe, hielt den Takt aufrecht, organisierte die Symphonie nach den Reaktionen und Entscheidungen, die notwendig waren. Ohne sie würde das ganze Stück zu einem Haufen Scheiße zusammenfallen.

Ich bog aus dem Parkplatz ab. Theo wurde in meinem Rückspiegel immer kleiner. »Wir müssen Vorbereitungen treffen«, sagte ich. »Bist du dafür bereit oder soll ich dich heimfahren?«

»Ich weiß nicht, was ich jetzt machen soll.«

»Hast du Geld?«

Er nickte mit seinem Kopf. »Da gibt es eine Lebensversicherung. Für uns beide. Für den Fall. Ich habe sie gecheckt, als sie es das letzte Mal probiert hat.«

»Ok. Darum werden wir uns kümmern. Und dann, ich weiß auch nicht.« Ich griff an einer roten Ampel wieder nach seiner Hand. »Lass uns einfach versuchen, uns zusammenzureißen, bis die Sonne untergeht.«

»Und dann?«

»Dann brechen wir zusammen.«

unterwerfen

Wir schafften es, vor dem Sonnenuntergang zu Hause anzukommen. Das Bestattungsunternehmen hatte sich schon mit Schlimmerem auseinandersetzen müssen. Wir machten einfach, was alle machten, die trauerten. Wir warfen alles in deren Schoß und ließen sie bestimmen, was wir als nächstes zu tun hatten. Darren unterzeichnete die Dokumente, um ihnen die Erlaubnis zu geben, den Körper abzuholen. Wir ließen sie eine Einäscherung vornehmen. Es würde keine große Beerdigung geben, keinen offenen Sarg, nur etwas Kleines in meinem Haus. Ich wusste nicht einmal, wie man so etwas nannte, aber der Bestattungsunternehmer schien es zu wissen und nickte einfach nur.

Dann rannten wir zurück zum Haus, tätigten Anrufe und breiteten uns auf der Couch aus. Ich rief drei Leute an, von denen ich wusste, dass sie nicht Zuhause sein würden, hinterließ Nachrichten und ging zum nächsten über, bis ich plötzlich hörte, wie Darren Adams Namen ins Telefon schluchzte. Ich war irgendwie erleichtert und ließ ihn allein. Er brauchte neben mir noch jemand anderen. Er hatte seine Schwester verloren, seine einzige Familie. Er verdiente es, noch jemanden zu haben, der ihn liebte.

Aber meine Erleichterung war kurzweilig, denn sie wurde von etwas anderem angeschrien, von etwas Dunklerem, etwas Heimtückischem, etwas Selbstsüchtigem. Ein tiefer, teuflischer Stich der Einsamkeit, den ich wohl besser ignoriert hätte. Ich hätte im Wohnzimmer bleiben sollen, wo ich Darrens warmen Körper an meinem gespürt hätte, aber er brauchte in diesem Moment seinen Freiraum. Er würde nicht in Gabbys Zimmer gehen wollen und ich fühlte mich nicht wohl dabei, ihn auf die Veranda zu verfrachten. Also schlüpfte ich in mein Zimmer, kroch unter meine Bettdecke und umarmte mein Kissen, während ich mich wunderte, wer mir morgen die Haare flechten würde.

elf

Ich schrieb Debbie, um sie um ein paar freie Tage zu bitten und musste erklären, dass meine beste Freundin gestorben war. Sie rief an, ich lehnte den Anruf ab. Mein Handy klingelte und brummte und summte. Alle, die ich jemals kennengelernt hatte, wollten sich mit mir unterhalten. Einige der Geräusche beantwortete ich sogar, bedankte mich bei Leuten für die Beileidsbekundungen, aber eigentlich wollte ich einfach nur allein gelassen werden, also machte ich das Handy aus und vergrub mich unter der Bettdecke.

Ich stieg die darauffolgende Nacht aus dem Bett. Das Haus war leer. Ich duschte, aß ein paar Cracker und ging dann wieder ins Bett.

Ich machte mein Handy an, unter der Bettdecke, und scrollte durch die netten und teilweise sehr ausführlichen Nachrichten. Ich verabscheute diese Nachrichten. Und ich war dankbar dafür. Ich wollte in Gesellschaft von Menschen sein und das verlangende, einsame Loch in meinem Körper schließen. Allerdings verdiente ich die Isolation und ich wollte mit keiner anderen lebenden Seele in Kontakt treten. Scheiß auf alle und jeden. Ich brauchte sie. Ich hasste sie.

unterwerfen

Ich versuchte mich an Dinge, die meine Freundin ausgemacht hatten, zu erinnern. Nette Geschichten um mich in der Dunkelheit, unter der feuchten Bettdecke, aufzuheitern, aber mein Gehirn wollte nicht mitarbeiten. Ich konnte mich nur an unsere klischeebehaftetste Szene erinnern. Den Tag der Abschlussfeier. Das letzte Mal, dass ich sie gesehen hatte. Das letzte Mal, dass ich mit ihr gesprochen hatte. Alles andere war nicht mehr aufzufinden, als wäre es vom Erdboden verschluckt worden, als hätte es niemals existiert oder als würde ein entschlusskräftiger, rational denkender Teil in mir, den schwachen, abartigen Teil von mir beschützen wollen, in dem es die Freigabe schmerzhafter Informationen verweigerte, damit ich nicht noch mehr Leid ertragen müsste.

Jemand hatte zu einem bestimmten Zeitpunkt an die Haustür geklopft, vielleicht nur eine Lieferung, aber ich wachte dadurch auf. Ich scrollte durch meine Nachrichten. *Es tut mir so leid/Das ist einfach schrecklich/Soll ich dir etwas zu Essen vorbeibringen?...*und, und, und. Jeder Einzelne war so lieb, aber ich wusste nicht, wie ich deren Freundlichkeit akzeptieren sollte. Das Handy vibrierte in meiner Hand und auch wenn ich es bereits für wer weiß wie viele Stunden ignoriert hatte, sah ich nach, wer mir gerade geschrieben hatte.

– Debbie hat es mir erzählt. –

Ich wusste nicht, wie ich Jonathan antworten sollte. Wir befanden uns derzeit nicht in einer Phase unserer Beziehung, in der ich ihn etwas fragen oder erwarten konnte, dass er intuitiv wusste, was ich in diesem Moment von ihm brauchte. Seine Nachricht -mehr als alle anderen- führte nur dazu, dass ich mich noch einsamer fühlte. Ich antwortete und hatte das Gefühl, dass ich in eine leere Gasse hineinbrüllte.

*– Sag ihr, dass ich übermorgen
wieder zur Arbeit komme. –*

– Was machst du gerade? –

– Ich bin unter meiner Bettdecke. –

– Ganz allein? –

– Wieso? –

– Was für ein Verbrechen –

Ich lächelte und das Gefühl dieser Ungezwungenheit führte zu einem Riss in der harten Schale meiner Trauer, wenn auch nur für einen Moment, was dazu folgte, dass nun Tränen über meine Wangen strömten.

– Bring mich nicht zum Lachen, Arschloch. –

*– Darf ich dir unter dieser
Bettdecke Gesellschaft leisten? –*

Als ich die Nachricht las, fühlte ich seine Worte nicht in meiner Lendengegend, ich spürte sie auf meiner Haut. Ich wollte, dass er mich berührte. Mich küsste. Seinen Atem an meiner Haut spüren. Dass er sich mit mir unterhielt. Und mich für Stunden in seinen Armen hielt. Das Verlangen war nicht nur zwischen meinen Beinen präsent, sondern auch in meinem Brustkorb, traf mich bis ins Mark und erreichte sogar meine Fingerspitzen. Könnte ich den einnehmenden Schutz meiner Einsamkeit aufgeben und dafür für einige Stunden in Jonathan schwelgen? Verdiente ich ein wenig Zuwendung? Wahrscheinlich nicht. Und ich hatte auch diese Sub-Sache noch nicht vergessen. Nein. Er würde mich in eine Grube der Schändung und Demütigung zerren. Ihn zu sehen, würde mich nur noch näher an ihn binden und das durfte nicht passieren, niemals.

Ich schrieb:

– Ich brauche dich. –

unterwerfen

Ich presste *Senden*. Das hätte ich nicht tun sollen. Ich hätte eine weitaus abweisendere und distanziertere Stellungnahme abgeben sollen. Zumindest hätte ich ihm auf eine witzige Art und Weise klarmachen müssen, dass ich ein ekliges, abscheuliches Häufchen Elend war. Aber das hatte ich nicht gemacht. Drei Worte und mein Stolz war wie weggeblasen.

Allerdings fühlte ich mich dadurch, nach Tagen der Verzweiflung, wieder mit Hoffnung angefüllt. Ich stieg aus dem Bett, kroch in die Dusche und stellte das Wasser heißer ein, als es nötig gewesen wäre. Ich wusste nicht, wie viel Zeit ich im Bett verbracht hatte, aber die Uhr teilte mir mit, dass es sieben Uhr am Morgen war. Ich hatte nichts von Darren gehört und nahm an, dass er bei Adam war. Ich hätte ihn anrufen sollen, aber der Gedanke, meine Hand nach der Realität auszustrecken, auch wenn es sich um die einzige Person auf der Welt handelte, die dieses einnehmende Gefühl des Versagens verstehen würde, ließ mich zusammenzucken, als hätte ich mir gerade erst eine Ohrfeige eingefangen.

Als ich aus der Duschkabine trat, fühlte sich mein Haut durch das heiße Wasser, das auf meine sensible Haut eingestochen hatte, roh und pink an. Ich rubbelte mit einem Handtuch über meine Haare und nahm meine Bürste raus. Ein spiralförmiges, schwarzes Haarband war um den Griff gewickelt. Gabby hatte es daran befestigt, als sie sich für die Finsternis-Show um meine Haare gekümmert hatte. Ich legte meine Handfläche gegen meine nassen Haare und bewegte sie nach unten, bog meine Finger, um eine Strähne abzutrennen, dick genug, um einen Bogen zu spannen. Es kam nicht einmal in die Nähe der Sensation, die ich immer empfunden hatte, sobald Gabby diese Bewegung auf ihre vorsichtige und artistische Weise vollzogen hatte. Und all das war fort. Das ganze Talent verlor sich im Nichts und Nirgendwo. All die Musik, die sie noch gemacht hätte, würde jetzt niemals existieren.

Ich kauerte mich unter der Bettdecke zu einem Ball zusammen, nackt und noch immer nass, und griff nach meinem Handy, dass ich mir auf dem Weg zum Bett geschnappt hatte.

– komm nicht, alles gut –

Ich hörte aus dem Wohnzimmer das Klingeln eines Handys und kurze Zeit später eine Stimme, die mir so nah war, dass es mich schockierte.

»Zu spät«, sagte Jonathan. »Deine Eingangstür war offen.«

– geh weg –

Ein Schwall kalter Luft traf mich, als die Bettdecke bewegt wurde und bereits im nächsten Augenblick nahm ich seinen Duft wahr. Er zog die Decke in dem Moment über uns, als sein Handy ein Geräusch abgab. Er presste seine Vorderseite gegen meinen Rücken, seine Kleidung saugte die Feuchtigkeit auf, die ich mit dem Handtuch nicht entfernt hatte.

»Es tut mir so leid, Monica.« Er drückte sein Gesicht in mein nasses Haar und schlang seinen Arm um meinen Körper. »Ah. Was haben wir denn hier für eine Nachricht? ›Geh weg‹.«

Ich schniefte.

Er schob seinen Arm unter meinen Hals durch und hielt das Handy mit beiden Händen vor mein Gesicht. Sein Atem kitzelte über mein Ohr. »Lass mich darauf antworten. Warte kurz.«

– Ich wäre aber lieber für dich da. –

Ich wartete, bis sie auf meinem Handy auftauchte. Er schmiegte sein Gesicht an meine Haare, die sich in meinem Nacken sammelten, während ich zurückschrieb.

– Und dann was? –

Seine Finger flogen über die Tastatur.

*– Und dann reden wir an einem
anderen Tag über den Rest.*

unterwerfen

*Heute bist du die Göttin, um
die sich mein Universum dreht. –*

In den Sekunden das mein Handy brauchte, bis es aufleuchtete, hatte ich eine Millionen verschiedener Gedanken und die meisten davon sagten mir, dass er verrückt sein musste. Total wahnsinnig. Konnte er denn nicht erkennen, an wen er sich hier kuschelte? Verdammte Scheiße, ich hatte meine beste Freundin auf dem Gewissen, zuerst mit Nachlässigkeit und dann mit Ehrgeiz.
    Ich fing wieder an zu tippen:

– Du bist bei der falschen....

Aber dann fühlte ich seine Lippen auf meiner Schulter und seinen warmen Atem auf meiner Haut, was dazu führte, dass meine Trauer aus mir herausquoll. Ich konnte die Nachricht nicht fertig schreiben. Meine Brust hob und sank unkontrollierbar auf und ab und die Tränen kamen so hart aus mir herausgeschossen, dass ich nicht richtig atmen konnte. Seine Arme hielten mich von hinten fest an ihn gepresst und seine Stimme wandelte sich zu kleinen Nichtigkeiten des Komforts um. Ich verlor mich in einer zeitlosen Finsternis, in der ich einfach alles rausließ, denn er wäre da, um es aufzufangen. Ich wusste bei jedem Husten und Schluchzer, jedem holprigen Atemzug und jeder Verkrampfung meines Brustkorbs, dass er mich zusammenhalten würde. Was auch immer auseinander fallen würde, er würde es wieder reparieren. Ich konnte ihn nicht dafür verfluchen, dass er nicht all das war, was ich brauchte oder dass er in dem Versuch, sich einzig und allein mir zu verpflichten, versagt hatte. Im Moment befand ich mich nicht in einem Zustand, in dem ich seine Idee abschmettern könnte, dass ich unterwürfig wäre oder den Willen, ihm die Kontrolle, die er über mich hatte, zu verweigern. Er war hier und in diesem Moment war er genau, was ich brauchte.

Als das Weinen nachließ, drehte ich mich zu ihm um. In der Dunkelheit fand ich seine Lippen, indem ich seinem Atem folgte. Dann küsste ich ihn. Er öffnete seinen Mund, strich mit seiner Zunge in einem langsamen Tanz über meine. Ich verwob meine Beine mit seinen.

»Danke«, flüsterte ich, hauchte dieses eine Wort, ohne es laut auszusprechen.

Er wollte antworten, aber ich küsste fort, was auch immer er gerade dabei gewesen war, zu sagen. Ich presste meine Hüften gegen ihn. Er war hart und ich war bereit. Ich küsste ihn wieder, damit ich keine Einwände zu hören bekommen würde, als ich sein Oberteil aus seiner Hose herauszog. Ich wollte seine nackte Haut an meiner spüren. Ich wollte mich gut fühlen - auch wenn es nur für einen kurzen Moment wäre - und alles für den Zeitraum vergessen, den es brauchen würde, um uns zu verbinden und dann auseinanderzufallen. Ich hatte es nicht verdient, aber wollte es.

Ein schwaches Licht ging unter der Bettdecke an und ein Klingeln folgte einem gedämpften Ton, aber wir ignorierten es. Er rollte sich über mich, sein Mund klebte an meinem, während er die Kurven meines Körpers erkundete. Ich keuchte. Die Berührung fühlte sich so tröstlich und beruhigend an, wie ein Bogen, der über lautlose Saiten gezogen wurde.

»Hallo? Monica?« Die Stimme klang sehr weit entfernt.

Jonathan und ich trennten uns.

»Was war das?«, fragte Jonathan.

Ich verdrehe mich. Mein Handy leuchtete unter mir. Ich musste draufgerollt sein und den Anruf aus Versehen angenommen haben. Zu spät um jetzt aufzulegen.

»Hallo? Darren?«, flüsterte ich. Aus irgendeinem Grund brachte ich es nicht fertig, meine Vokallaute zu motivieren.

»Ich bin im Stadtzentrum.«

Jonathan entfernte die Decke über uns und das Licht hatte einen ähnlich schockierenden Effekt auf meine Augen, wie die kalte Luft auf meiner Haut. Ich vermisste schon jetzt die Wärme seiner Haut.

»Du musst die Kaution bezahlen oder ich werde die Totenwache verpassen.« Er klang leblos, emotionslos. »Ich habe Theo gefunden. Ich habe ihn verletzt. Hier in der Nähe gibt es überall Orte, wo du das mit der Kaution kären kannst. Also kommst du?«

»Ja, ich mach mich auf den Weg.«

»Dankeschön.«

Ich sah aus meinen Augenwinkeln zu Jonathan rüber, als mir Darren die nötigen Informationen durchgab. Er war noch immer vollständig bekleidet, in einem blauen Poloshirt und einer Jeans, und saß gegen die Wand gelehnt. Ich war nackt und hockte neben ihm. Er streichelte meine Schulter.

»Was ist passiert?«, fragte er, als ich auflegte.

»Darren hat Gabbys Freund zusammengeschlagen. Ich muss ihn aus dem Gefängnis abholen.«

»Warum flüsterst du?«

Ich zuckte meine Achseln. Ich wusste es nicht. Alles, was ich wusste, war, dass es in Ordnung war, zu flüstern, aber ich konnte nicht laut reden.

»Du wirst auf der Totenwache keine Rede halten, nehme ich an?«

Ich schüttelte meinen Kopf.

»Wo wird sie stattfinden?«

»Hier.«

Er sah auf seine Uhr. »In sieben Stunden? Bist du vorbereitet? Wie viele Leute werden kommen?«

»Es findet morgen statt.«

»Debbie hat gesagt, dass es Samstag stattfinden würde. Heute.«

Oh Gott. Darren hatte gesagt, dass er die Totenwache verpassen würde und ich hatte angenommen, dass er damit morgen gemeint hätte. Wie viel Zeit hatte ich unter der Bettdecke verbracht? Hatte ich länger geschlafen, als gedacht? Ich stand auf, von Panik erfüllt. Es war Samstag. Ich musste mich um das Essen kümmern. Das Haus saubermachen. Mich selbst emotional darauf vorbereiten.

Und ich musste Darren aus dem Knast holen? Mit welchem Geld denn bitte? Und wann?

Ich musste einen Anblick dargeboten haben, nackt, wie ich in der Mitte des Raumes stand, Arme ausgebreitet, ohne die geringste Ahnung, was ich zuerst machen sollte. Jonathan stand auf und umfing meine Handgelenke. Ich wusste nicht, was ich sagen sollte.

»Beruhig dich.«

Ich nickte.

»Ich werde mich darum kümmern.«

»Nein«, flüsterte ich. »Das ist doch mein Job.«

Er hielt meine Hände und drückte sie zwischen seinen Handflächen zusammen. Er sprach in dem Ton, der keine Fragen zuließ, aber er hatte mir nicht gesagt, dass ich meine Beine spreizen oder kommen sollte. »Ich muss heute für ein paar Stunden arbeiten. Ich werde eine Crew herschicken, die hier aufräumt und ich werde das Essen besorgen. Wie viele Leute erwartest du?«

»Jonathan. Bitte. Ich will nicht, dass es so zwischen uns ist, als würde ich dich ausnutzen.«

»Du nutzt mich nicht aus. Du gehörst mir. Du bist meine ganz persönliche Göttin. Es ist mein Job, sicher zu gehen, dass du glücklich bist. Und wenn ich dich nicht glücklich machen kann, werde ich mich nicht wieder gut fühlen können, bis ich mich so gut wie möglich, um dich gekümmert habe. Also, bitte sag mir, wie viele Leute du erwartest, damit ich mich wieder gut fühlen kann.«

»Einhundert?«, flüsterte ich.

Wie würde ich hundert Leute in mein neunzig Quadratmeter Haus reinbekommen? Heilige Scheiße, was hatte ich mir mit Darren nur dabei gedacht? Jonathan drückte meine Hände und brachte seine Aufmerksamkeit zurück zu meinem Gesicht. Er schien sich bei der Größe der Gästeliste nichts weiter zu denken.

»Ich kümmere mich darum«, sagte er. »Ich kann mich darum kümmern, während ich noch zehn andere Dinge erledige. Lil wird dich in die Stadt fahren. Ich will nicht, dass du fährst. Hast du genug, um ihn rauszuholen?«

Mein Mund öffnete sich, aber nicht einmal ein Flüstern entwich. Hatte ich genug, um die Kaution für Darren zu bezahlen? Ich wusste es nicht. Wie viel kostete sowas überhaupt? Und wie könnte ich es mit meinem Gewissen vereinbaren, von Jonathan Geld anzunehmen? Im Notfall würde ich eher meine Mutter bitten, das Haus hypothekarisch zu belasten. Ich würde lieber vor ihr auf die Knie fallen, sie anflehen, ihr versprechen, dass ich auf den richtigen Pfad zurückkehren werde und vier Tonnen Scheiße von einem heißen Asphaltboden ablecken, um Darren vor der Beerdigung seiner Schwester rauszuholen, bevor ich von Jonathan Geld annehmen würde.

Ich nicke. »Das bekomm ich hin.«

Er küsste mich zärtlich auf die Lippen, während er mit seinem Daumen meine Wange streichelte. »Ich bleibe in Verbindung. Geh ans Handy, okay?«

Ich nickte, weil ich nicht schon wieder flüstern wollte.

zwölf

Jonathan wollte mich nicht wirklich allein lassen. Er dachte wahrscheinlich, dass wenn er mir seinen Rücken lange genug zudrehen würde, um mit den Vorbereitungen anzufangen, das Haus für die Totenwache bereit zu machen, mir genug Zeit geben würde, um erneut zusammenzubrechen. Er lief rückwärts auf seinen Jaguar zu, beobachtete mich, während ich beobachtete, wie das Rot in seinen Haaren die Morgensonne einfing. Ich winkte und schaffte es sogar, ihn ein wenig anzulächeln. Ich war entschlossen, all das zu überstehen, auch wenn es bedeuten sollte, dass ich so tun müsste, als wäre alles mit mir in Ordnung, um sein Vertrauen in meine Fähigkeiten zurückzubringen. Als er den Hügel runterfuhr, fühlte es sich an, als würde er einen Teil von mir mit sich nehmen.

Lil tauchte dreißig Minuten später in Jonathans raumschiffartigem Bentley auf.

»Ms. Faulkner«, sagte sie. »Wie geht's dir heute?«

»Fein.«

»Ist irgendetwas mit deiner Stimme nicht in Ordnung?«

Ich zuckte die Achseln. Ich wusste nicht, was mit mir los war, ob es meine Stimme oder mein Verstand oder etwas vollkommen anderes war, vielleicht Karma. Ich begann immer frustrierter zu werden. Den Zustand, den ich mir wahrscheinlich durch zu viele Tränen und Schmerz angeeignet hatte, fing an, sich wie ein hartnäckiges Problem anzufühlen.

»Was ich sagen wollte«, sagte Lil, »und ich hoffe, dass du das jetzt nicht falsch verstehen wirst, aber die Frau meines Bruders hat sich umgebracht. Meine Gedanken sind bei dir. Es gibt nicht viel, das für eine Familie schlimmer sein könnte.«

Ich verzog mein Gesicht, versuchte mich dadurch vom Weinen abzuhalten, denn sie hatte Gabby als meine Familie bezeichnet. Genau das war sie auch. Meine Schwester. Und das dies jemand bemerkt hatte, fühlte sich wie ein Eimer mit eiskaltem Wasser an, der über mir ausgeleert wurde. »Danke, Lil«, flüsterte ich.

»Wohin soll es denn gehen?«

»Wir müssen meinen Bruder aus dem Knast abholen.«

dreizehn

Fünftausend Dollar.
Anscheinend hatte Darren, Theo mit einer zerbrochenen Flasche angegriffen, was laut des Staates Kalifornien eine tödliche Waffe darstellte.
Also, fünf Riesen. Auf die Hand.
Ich schluckte schwer.
Die vollschlanke Frau mit der unauffälligen Brille, die hinter einer kugelsicheren Scheibe saß, wirkte sympathisch. Sie tolerierte mein Flüstern und schob einen Notizblock unter dem Glas durch, sobald sie realisiert hatte, dass mein Gehör wunderbar funktionierte und nur meine Stimme beeinträchtigt war.
»Gegenüber von hier gibt es drei Kautionsagenten. Sie müssen fünfhundert Dollar an sie bezahlen und der Rest wird dann vorgestreckt. Sie bekommen die Fünfhundert aber nicht zurück. Kaylee. Das ist die Agentin, die ich mag. Sie ist mit denen, die das erste Mal kommen, am besten. Außerdem hat sie keine Scheibe in ihrem Büro, also kann sie auch ohne Probleme Ihre schwache Stimme verstehen. Alles klar, junge Dame?«

Ich nickte und riss das Blatt Papier vom Block ab. Ich nahm die Dokumente und Anträge, die sie mir gegeben hatte, welche Darrens Verstoß im Detail beinhalteten, und ging nach draußen.

Lil stand neben dem Auto, das sie seelenruhig in einer Ladezone geparkt hatte. Sie gab mir einen Pappbecher mit Tee. Ich wusste nicht, woher sie wusste, dass ich Tee mochte. Ich wusste nicht, ob Jonathan ihr all meine Vorlieben und Schwächen mitgeteilt hatte oder ob sie einfach die Leute genau beobachtete und Dinge aufschnappte. Ich nahm den Becher und bedankte mich bei ihr.

»Ich muss zu einem Kautionsagenten gehen.« Ich zeigte auf die andere Straßenseite, auf ein gelb-schwarzes Schild, auf dem Kaylee's Kautionsagentur stand.

Lil öffnete die Tür.

»Ich muss doch nur die Straße überqueren.« Ich musste mich vorbeugen, damit mich Lil trotz der Geräusche des laufenden Verkehrs verstehen konnte.

»Ich habe Mister Drazen gesagt, dass ich mich um dich kümmern würde. Ich muss sowieso fahren, um einen Parkplatz zu finden.«

Ich stieg ein. Das war doch wirklich bescheuert und kindisch. Ich hätte in der Hälfte der Zeit über die Straße rennen können, Viertel der Zeit, wenn ich verkehrswidrig gehandelt hätte. Aber Lil machte ja nur ihren Job, mit Ernsthaftigkeit und Freundlichkeit, und ich konnte ihr das einfach nicht zerstören. Ich trank auf dem Rücksitz meinen Tee und hoffte, dass die heiße Flüssigkeit meine Lunge wieder mit meiner Stimme zusammenbringen würde, aber als ich versuchte, ein Geräusch zu machen, kam nur Luft.

Es fühlte sich so an, als wäre in den tiefsten Abgründen meines Seins eine Entscheidung getroffen worden, dass ich auf unbestimmte Zeit nicht in der Lage sein sollte, zu reden. Aus der Angst heraus, dass meine Stimme die Welt in den Untergang führen oder dass sie Monster heraufbeschwören könnte, die mich und alles, das ich liebte, in Stücke hauen würden. Aber ich konnte diesen dunklen Ort nicht ausfindig machen und demnach auch niemandem klarmachen, dass dieser Zustand mehr zerstörte, als das er hilfreich war. Ich musste meine Angst loswerden, denn alles in meinem Leben würde aufhören zu existieren, ausgelöscht werden, wenn ich nicht in der Lage wäre, die nötigen Schritte einzuleiten, wenn ich als Künstlerin und Mitglied der Gesellschaft nicht mehr funktionieren konnte.

Ich versuchte ruhig zu atmen. In Panik zu verfallen, würde mir jetzt auch nicht weiterhelfen. Ich musste durch diesen Tag kommen und Darren rechtzeitig aus dem Gefängnis bekommen, damit wir pünktlich bei der Totenwache ankommen würden. Schlaf. Essen. Morgen zur Arbeit gehen. Atmen. Ich würde das alles hinbekommen, sobald ich die Panikattacken unter Kontrolle bekommen würde.

Lil hielt hinter dem Gebäude mit dem Agenten an und ließ mich raus, als wäre ich eine Berühmtheit, die gerade auf einem Event mit einem roten Teppich angekommen war. »Mister Drazen hat gesagt, dass ich dich wissen lassen soll, wenn du irgendetwas brauchen solltest, dass er sich darum kümmern würde.«

»Danke.«

»Du solltest ihn helfen lassen.« Sie warf mir einen bedeutungsvollen Blick zu, der mir mitteilen sollte, dass sie genau wusste, dass ich Bedenken damit hatte, Hilfe von Jonathan anzunehmen.

Ich nickte ihr zu und ging durch die Hintertür.

Dieser Ort bemühte sich nicht einmal ästhetisch rüberzukommen. Der graue Teppich aus der Massenproduktion war in den Bereichen, wo viel Durchlauf herrschte, abgetreten. Die fluoreszierende Beleuchtung flackerte von der tiefhängenden Decke herunter, vergilbte die Papierhaufen, die auf jeder freien Oberfläche lagen, jedem Metallschrank, auf dem Schreibtisch und auf den schwarzen Stühlen. Auf den einzig freien Stühlen, es waren drei, saßen Leute in unterschiedlichen Altersgruppen und Nationalitäten. Alle sprachen entweder in ein Telefon oder tippten an veralteten, beigefarbenen Computern rum. Draußen, vor den Fenstern, brummte das Zentrum von Los Angeles vor sich hin.

unterwerfen

Eine Frau im mittleren Alter, die eine große, dunkle Sonnenbrille trug, schlürfte in Hausschuhen und einem bunten Hemdkleid an mir vorbei. Ihre Kaffeetasse war zu einem Drittel mit Schlamm angefüllt, den andere wohl als Kaffee bezeichnen würden.

»Hi«, flüsterte ich. »Ich suche nach Kaylee?«

»Hat es dir die Sprache verschlagen?«

»Kehlkopfentzündung.« Es war die einzige Antwort, die mir einfallen wollte, die Sinn machte. Ihr zu sagen, dass ich dachte, meine Stimme zu benutzen, würde die Welt zum Einsturz bringen, könnte vielleicht ein wenig verrückt rüberkommen.

»Willst du eine Verpflichtung mit uns eingehen?«

»Ja. Ich weiß aber nicht wie.«

»Hast Bargeld dabei?«

»Etwas.«

»Geh und setz dich vorne an den Schreibtisch.«

Das tat ich, setzte mich auf den gepolsterten Bürostuhl, der davor stand. Die Bronzeplakette, die eigentlich aus Plastik war, hatte den Namen KAYLEE RECONAIRE eingeschnitzt bekommen. Ich hatte ungefähr zweihundert Dollar mit, was recht normal für mich war, da ich nach der letzten Schicht im *Stock* meine Tasche nicht geleert hatte.

Die Frau mit dem schlammigen Kaffee setzte sich mit einem Seufzer auf den Stuhl, der mir gegenüber stand. »Hast du die Dokumente bei dir?« Sie hielt ihre Hand hin.

Ich überreichte ihr den Stapel. Sie hatte gerade genug Platz auf ihrem Schreibtisch, um drüber zu schauen, während sie den Stapel in drei säuberliche Haufen unterteilte. Der pink Gekennzeichnete, der Geklammerte und auch der Antrag mit der Büroklammer, alle hatten ihren Platz.

»Verwandt?«, fragte sie.

»Nein.«

»Lebenspartner?«

»Nein.«

»Also?« Sie stützte ihre Ellbogen auf dem Tisch ab. »Wir müssen feststellen, ob Fluchtgefahr besteht. Schließlich reden wir hier über unser Geld, also wird es persönliche Fragen geben. Wie zum Beispiel, ob es den Gentleman überhaupt juckt, dass Sie hier sind und sich für ihn verantwortlich fühlen? Wir reden hier schließlich nicht nur von einem tätlichen Angriff.« Sie verwies auf die Papiere. »Es ist Körperverletzung mit einer tödlichen Waffe, Süße.« Sie hob eine Augenbraue, als wäre ich irgendeine Schlampe, die dazu gedrängt wurde, ihren persönlichen Drecksskerl aus dem Knast zu holen.

Ich beugte mich vor, damit sie mich hören würde. »Wir haben bereits vor einer langen Zeit Schluss gemacht. Er ist jetzt wie ein Bruder für mich. Er ist nicht irgendein Ex, von dem ich nicht wegkomme, weil ich eine unsichere, kleine Schlampe bin.«

Kaylee sah mich für eine Sekunde an, bevor sie laut loslachte. »Du bist verrückt, Mädchen. Hast du einen Job?«

»Ich bin Bedienung im Zentrum der Stadt, dem *Stock*.« Ich schwenkte meinen Daumen nach hinten, da es nur fünf Blocks entfernt von hier lag.

»Wie viel Geld hast du denn dabei?«

»Ich habe zweihundert bei mir.«

»Dann hast du dreihundert zu wenig.«

»Ich kann zu einem Automaten gehen«, sagte ich.

»Du kannst von dem Geldautomat nur zweihundert abheben.« Sie blinzelte, dann sagte sie: »Ich lass dich nicht mit den einhundert davonkommen, schließlich habe ich hier ein Unternehmen, das ich am Laufen halten muss.«

»Akzeptieren Sie auch materielle Gegenstände als Pfand?«

Sie ließ ein wissendes, verächtliches Lachen durch ihre Lippen schlüpfen. »Was auch immer für einen Gegenstand du da haben solltest, ich müsste es anfassen können und es müsste zehnmal so viel Wert sein, wie verlangt wird. Ich sehe aber keinen Schmuck an dir, den ich akzeptieren würde.«

Ich stand auf, hob mein T-Shirt an und zeigte ihr den Bauchnabelpiercing von *Harry Winston*. Ich wusste, dass ich gerade in einen Haufen Scheiße getreten war. Das Geschenk von meinem derzeitigen Freund zu benutzen, um meinen

Ex-Freund aus dem Knast zu bekommen, war eine Geschichte, aus der Shows wie Jerry Springer entstanden waren.

Kaylee lehnte sich weit nach vorne und ließ ihre Brille ihre Nase runterrutschen. »Ist der echt?«

»Ja.«

Sie hielt ihre Hand auf, ihr Gesichtsausdruck zeigte mir, dass sie mir nicht so recht glauben wollte. Ich nahm den Diamanten raus und händigte ihn ihr aus. Sie öffnete die oberste Schublade ihres Schreibtisches und inspizierte den Diamanten mit einer Juwelierlupe. Für mich sah er einfach nur wie der größte und vor allem wie das funkelnste Ding aus, das jemals aus der Erde gepuddelt worden war. Ich setzte mich wieder, währende sie leise, summende Geräusche machte und den Diamanten unter dem Glas hin und her bewegte.

Sie übergab ihn mir wieder. »Ich könnte dafür großen Ärger bekommen, junge Dame. Ich denke nicht, dass du verstehst, dass ich hier ein Unternehmen führe. Ich nehme keine gestohlene Ware an.«

Ich keuchte. Wie konnte sie bloß? War sie wahnsinnig? Ich war nach dieser Beschuldigung einfach sprachlos.

Eine einsame, männliche Stimme bahnte sich ihren Weg durch meine Verzweiflung. »Wem gehört der Bentley da draußen?« Ein Mann mit einer Krücke, ein Hosenbein seiner Jeans über einer verlorengegangen Wade hochgekrempelt, wackelte herein.

Ich hob meine Hand und flüsterte: »Sorry.«

Er setzte sich an einen Schreibtisch. »Na dann lass den Fahrer das Ding aus dem Weg fahren.«

Ich sah wieder zurück zu Kaylee. Sie ließ meinen Bauchnabelring mit dem Diamanten bereits in einen kleinen Beutel fallen. »Du kommst mit dem restlichen Geld bald zurück, klar? Sonst, das kann ich dir auf die dreihundert Dollar schwören, wird dein neuer Kerl wahnsinnig angepisst sein.«

vierzehn

Ich hatte nicht realisiert, wie groß der Bentley eigentlich war, bis mir Darren auf der anderen Seite gegenüber saß und nichts mit mir zu tun haben wollte. Es hatte Stunden gedauert, um ihn rauszubekommen. Geld musste aufgetrieben, Anrufe und Unterschriften getätigt werden und er musste von dem Bereich, in dem er festgehalten wurde, der zwei Blocks von hier entfernt lag, hergefahren werden.

Als sie ihn reingebracht hatten, hatte er müde gewirkt, aber zog eine Fratze, als er mich wartend vorfand, als ob er mich wissen lassen wollte, dass es ihm gut ginge. Als sie ihm die Handschellen abgenommen und ihn meiner Beaufsichtigung überstellt hatten, umarmte er mich so fest, dass ich schon gedacht hatte, er würde mir meine Rippen brechen.

»Danke, vielen Dank«, hauchte er an meinem Hals.

»Hab ich gern gemacht. Jetzt müssen wir aber gehen, sonst würde man uns vermissen.«

Er nickte und ich fragte mich kurz, ob er sich mit Absicht Probleme aufgehalst hatte, damit er die Beerdigung verpassen würde.

»Warum flüsterst du denn?«

»Kehlkopfentzündung.«

»Was? Du warst aber gestern noch nicht - «

Ich zerrte ihn in den Korridor, wollte mich ein Stück von dem kugelsicheren Glas und dem Linoleumboden entfernen. Dann hielt ich an und schwenkte meine Hand auf eine Weise, die Debbies sehr ähnlich kam, wenn sie wollte, dass jemand anfängt zu reden.

»Ich bin zu Adam gefahren«, sagte er. »Er ist die ganze Nacht über bei mir geblieben, aber er musste den nächsten Tag zur Arbeit, also bin ich einfach nur in der Umgebung von Silver Lake herumgelaufen. Ich habe mich den halben Tag im *Bourgeois* an einen Tisch gesetzt. Fabio wusste, was los war, also brachte er mir einfach nur immer wieder eine neue Tasse.«

Die Fahrstuhltür öffnete sich und eine Wagenladung Menschen kam heraus. Ich zerrte Darren zur Seite.

»Er hätte mich anrufen sollen«, flüsterte ich.

»Hat er.«

Richtig. Ich hatte alle Anrufe abgelehnt und Nachrichten ignoriert, während ich in meiner Festung aus Bettlaken gelegen hatte.

Wir stiegen mit zwanzig anderen Leuten in den Fahrstuhl.

Darren sprach leise in mein Ohr. »Als ich dort drin gesessen hab, habe ich realisiert, dass ich dich allein gelassen habe. Dafür möchte ich mich entschuldigen.«

Ich zuckte mit den Schultern und wischte seine Bedenken zur Seite. Ich war unglücklich darüber, aber mein Herz erlaubte es mir nicht, auf ihn böse zu sein. Außerdem hatte es Jonathan zu mir zurück gebracht.

Darren fuhr fort: »Theo ist für einen Kaffee reingekommen, wie er das immer machte. Ich wusste, dass er ständig dorthin ging. Ich wusste allerdings nicht, dass ich auf ihn gewartet habe. Aber egal. Ein Mädchen, die an einem Nachbartisch saß, hatte eine Flasche Limonade mit Grapefruitgeschmack auf dem Tisch stehen. Ich knallte die Flasche gegen den Boden und sprang ihn damit an, während ich meine Augen auf seine Kehle fixiert hielt.«

»Heilige Scheiße, Darren!«, schaffte ich es, so laut wie möglich und mit Nachdruck, zu flüstern. Ich warf kurz einen

Blick auf die Leute, die mit uns im Fahrstuhl waren. Niemand starrte uns an, aber sie mussten es einfach gehört haben.

»Es geht ihm gut. Ich habe nur seine Wange erwischt. Ich ziele, wie die Schwuchtel, die ich nun einmal bin.«

Ich zwickte ihn in seine Seite und er schrie auf: »Aua!« Wir lachten beide. Die restliche Bevölkerung, die sich mit uns im Fahrstuhl befunden hatte, schien erleichtert, als sie schließlich von uns wegkam, sobald sich die Türen auf der Ebene der Parkfläche öffneten. Lil stand auf einem Parkplatz, der nur für ausgewählte Personen bei der LA *Times* angedacht war.

Als Darren den Bentley sah, hielt er plötzlich an. »Woher hast du das Geld gehabt, um mich aus dem Knast zu holen? Fünf Riesen? Das ist eine Menge Schotter.«

»Ich bin eine Verpflichtung mit einem Kautionsagenten eingegangen.«

»Kam auch nur ein Cent von *ihm*?«

»Hör auf.«

»Ich werde ihn nicht dabei unterstützen, dich zu einer Hure zu machen.«

Ich wusste nicht, was über mich kam, vielleicht war es der Stress der letzten paar Tage, vielleicht die Beleidigung oder vielleicht auch die Tatsache, dass ich nicht richtig sprechen konnte, um mich zu verteidigen. Aber ein Ball, angefüllt mit kinetischer Energie, rollte von meinem Herz zu meinem Arm herunter und die einzige Möglichkeit, diese Energie wieder loszuwerden, bestand darin, Darren eine Ohrfeige zu verpassen.

Das Geräusch des Aufpralls hallte durchs gesamte Parkhaus. Lil sah von ihrer Zeitung hoch. Darren war von der Wucht zur Seite gestolpert. Das Gefühl von Reue machte sich bereits in meinem Bauch breit, auch wenn meine Hand ihn wieder und wieder schlagen wollte.

Ich ballte sie zu einer Faust zusammen und streckte meinen Zeigefinger aus. »Steig ins Auto. Wenn du dich bei deiner Schwester auch nur um eine Minute verspäten solltest, wird Theos Gesicht, im Vergleich zu deinem, noch als gutaussehend angesehen werden.« Mein Rachen schmerzte mit jedem harten

Wort, das ich sprechen musste, aber ich war mir sicher, dass ich ihn noch für eine weitere halbe Stunde belehren könnte.

Er sah entsetzt und wütend aus, mit den roten Abdrücken auf seiner Wange, seinem zusammengekniffenen Mund und den Muskeln in seinem Gesicht, die seinen Kiefer immer wieder anspannen ließen. Ich hatte ein wenig Angst. Nur ein bisschen, denn ich konnte kämpfen und ich konnte einen Schlag einstecken. Ich würde beides tun, wenn es dazu kommen würde.

»Das Auto ist bereit«, sagte Lil, die plötzlich mit ihrer beruhigenden und professionellen Art neben uns stand. Sie verwies mit einer Hand auf die offenstehende Tür des Bentleys. »Darf ich bitten?«

Ich nahm für einen Moment an, dass er sich für den Bus entscheiden würde, aber ich wusste, dass er kein Geld bei sich hatte, da mir sein Hab und Gut in einem Umschlag übergeben worden war, zusammen mit einem Taschenmesser, von dem es ihm nicht erlaubt, es zu besitzen und ein paar Kreditkarten. Außerdem wusste er, dass der Nahverkehr an einem Samstag Stunden in Anspruch nehmen würde. Obwohl er versucht hatte, sich selbst zu sabotieren, wollte er dennoch nicht die Totenwache seiner Schwester verpassen.

Ich nickte Lil zu und lief zum Auto, sah aber nicht über meine Schulter, um zu sehen, ob er mir folgen würde. Meine Schuhe klickten über den Asphalt, der geschlossene Bereich ließ dieses Geräusch noch lauter wirken. Ich kletterte in den Rücksitz des Autos, rutschte rüber und sah aus dem Fenster, damit ich nicht sehen müsste, ob er nun einstieg oder nicht. Wenn er sehen würde, dass ich ihn beobachtete, wäre es wahrscheinlich, dass er sich aus Stolz umdrehen und den Bus nehmen würde.

Ich hörte, wie er einstieg und die Tür zuschnappte. Dies war der Moment, in dem ich bemerkte, wie weiträumig das Auto doch tatsächlich war.

Lil ließ ihn vor seinem Haus raus. Er wartete nicht auf sie, damit sie ihm die Tür öffnen konnte. Es gab einen Moment der

Stille. Ich sah ihn nicht an, aber ich hielt ihm die Quittung von Kaylee hin, als ich flüsterte: »Dreihundert. In bar.«

Ich fühlte, wie der Beleg aus meiner Hand gerissen wurde und hörte dann, wie die Tür mit diesem befriedigenden, tiefen Ton, den nur ein teures Auto abgab, zufiel. Ich traute mich erst zu schauen, als er bereits seine Treppen hochging, Kopf von den Schultern hängend und die gelbe Quittung in seiner Hand zusammengeknüllt. Ich wollte zu ihm rennen und ihn in den Arm nehmen. Er konnte nicht, nachdem, was mit Gabby passiert war, für sein arschlochmäßiges Verhalten verantwortlich gemacht werden, aber ich würde mich nicht entschuldigen. Ja, er hatte mich beleidigt, aber er hatte auch Jonathan beleidigt und irgendwie störte mich diese Tatsache sogar noch viel mehr.

fünfzehn

Das Haus sah jetzt völlig anders aus. Der Garten vor dem Haus war wie ein Pudel getrimmt worden, die Hecken beschnitten, heruntergefallene Orangen aufgehoben und in Schüsseln bei dem Treppengeländer der Veranda abgelegt worden. Sogar das Unkraut und die toten Dinge im Garten waren verschwunden.

»Ich werde dich wissen lassen, falls ich für Mister Drazen irgendwo hin fahren muss«, sagte Lil, als sie die Einfahrt hinter einem Catering Truck, der Keile unter den Rädern hatte, blockierte.

Ich nickte, meine Kehle zu wund, um unnötige Worte zu verlieren.

»Monica!« Carlos, ein Nachbar von uns, der zwei Türen weiter wohnte, rannte auf mich zu, eine Mappe in seiner Hand. Er war ein Polizist und war immer sehr um alle in dieser Wohngegend besorgt. »Hi, ich habe gehört, was passiert ist. Es tut mir wirklich leid.«

»Danke.«

»Manchmal hat sie mich gebeten, Dinge für sie zu recherchieren. Über Leute. Stars und Sternchen oder Agenten.«

»Wirklich?«

»Yeah«, er grinste. »Sie hat mich als Gegenleistung manchmal zum Essen oder so ausgeführt.«

Ich fragte mich, was das »oder so« zu bedeuten hatte und entschied mich aber, dass es besser wäre, wenn ich es nicht wusste.

Er überreichte mir die Mappe. »Darum hat sie mich als letztes gebeten.«

Ich nahm sie entgegen und tätschelte seinen Arm. »Werde ich dich später sehen?«

»Yeah. Ich werde vorbeischauen.«

Wir trennten uns und ich ging in die Richtung meines Hauses. Ich lief die Treppen zur Veranda hoch, die gefegt worden war. Getopfte Pflanzen standen auf einmal da und gaben den Eindruck, dass die Veranda ein gutdurchdachter Bereich war, in den viel reingesteckt worden war. Yvonne, die ich nicht mehr gesehen hatte, seit ich bei *Hotel K* aufgehört hatte zu arbeiten, hätte mich fast umgerannt, als sie aus dem Haus lief, um sich um die Leute vom Catering zu kümmern.

»Heilige Scheiße! Monica!« Sie lächelte und gab mir einen Kuss auf die Wange. »Wurdest du für die Sache hier auch eingeteilt? Doppelter Lohn. Woohoo.«

Scheiße. Ich würde es wohl erklären müssen und hatte dafür eigentlich weder Zeit, den Trieb noch war ich zurzeit stimmlich dazu in der Lage.

»Ich wohne hier«, brachte ich quälend heraus.

Yvonne fiel die Kinnlade nach unten, dann schnappte sie den Mund wieder zu und legte ihren Kopf auf die Seite. »Mädchen, die haben gesagt, dass es sich bei dieser Sache um Drazens Freundin handeln würde.« Ihre Augen waren weit geöffnet und ihr Gesichtsausdruck ließ mich erkennen, dass sie mich auf eine gutgemeinte und scherzhafte Weise anklagte. »Ich habe in der TMZ Bilder von der Kunstausstellung gesehen. Habe mir schon gedacht, dass du das warst.«

»Hallo!«, rief Debbie vom Inneren des Hauses. »Nicht rumtrödeln.«

»Später. Ich werde es dir erklären.«

»Ich will alle *Einzelheiten* hören«, sagte Yvonne, bevor sie sich wieder in Bewegung setzte und sich in die Richtung des Trucks aufmachte.

Das Wohnzimmer sah auch komplett anders aus, mit Speisenwärmern auf langen Tischen, neuen Lampen und sauberen Ecken.

Debbie nahm meine Hände in ihre. »Wie geht's dir?«

»Du arbeitest im *Stock*. Jonathan gehört aber das *K*.«

»Du klingst wirklich schrecklich. Hör einfach auf zu reden. Ich habe mich freiwillig gemeldet, als ich davon gehört habe. Niemand vom *K*, abgesehen von Freddie, hätte es machen können und der ist auf Bewährung. Es ist ihm nicht erlaubt, sich auf Armeslänge einer Bedienung zu nähern oder er wird dazu verdonnert, Toiletten zu putzen. Jedenfalls ist es mir so zugetragen wurden. Du weißt ja, wie die Gerüchteküche funktioniert. Du. Und jetzt. Wir haben das Badezimmer säubern lassen, also versuche, dass du es nicht gleich wieder in ein Chaos verwandelst. Geh schon.«

Sie schob mich durch das Wohnzimmer. Ich kannte drei der Leute, die an der Totenwache arbeiteten. Alle trugen ein formelles Outfit der Catering Firma und alle drei beäugten mich für einen Moment, bevor sie sich wieder an die Arbeit machten. Es war demütigend. Alle nahmen an, dass sie eine Notfallparty für die Freundin von dem Besitzer des Hotels vorbereiteten. Und *ich* war anscheinend diese Freundin.

Ich ging in mein Zimmer und schloss die Tür hinter mir. Mein Schrank war mit schwarzen Klamotten angefüllt. Ich entschied mich für eine Hose und einen Pullover. Ich wollte nichts Schickes oder Besonderes anziehen, keine Schleifen, glitzernden Knöpfe oder kurzen Röcke. Es spielte keine Rolle, dass Gabby es mochte, wenn ich mich für die glitzernden Outfits entschied. Mir war heute nicht danach zu glitzern. Ich fühlte mich scheiße und ich würde ihr die letzte Ehre erweisen, in dem ich etwas derartig Deprimierendes und Langweiliges trug, dass ich hoffentlich für alle unsichtbar wäre.

Ich zog mich aus, um eine Dusche zu nehmen und erhaschte dabei einen Blick von mir im Spiegel. Ich war nackt, sicher, und der Diamant in meinem Bauchnabel war fort. Ich hatte einen kurzen Anflug von Panik. Ich könnte Jonathan nicht erlauben, mich ohne diesen Piercing zu sehen. Dann würde ich es erklären oder lügen müssen und für beide Varianten war ich noch nicht bereit.

Innerhalb von vierundzwanzig Minuten duschte ich, zog mich an und legte dezentes Make-up auf. Dann schrieb ich Jonathan.

– Danke für alles. –

Die Antwort ließ nicht lange auf sich warten.

– War mir ein Vergnügen.
Ich bin in einem Meeting. Bis gleich. –

Gleich? Er würde kommen? Ich wusste nicht, warum ich das nicht erwartet hatte. Schließlich war er immer in Situationen, in denen ich ihn brauchte, an meiner Seite; er würde auch die Totenwache meiner besten Freundin nicht aussitzen. Ich kickte die bequemen Schuhe, für dich ich mich zuerst entschieden hatte, von den Füßen und schlüpfte dann in die High-Heels mit der roten Sohle, die ich bei der Sonnenfinsternis-Show getragen hatte.

Carlos' Mappe lag auf meinem Bett. Ich lunzte hinein und nahm ein einziges Blatt Papier heraus. Der Papierkopf zeigte den Namen einer Einrichtung, Westonwood Acres, die eine psychiatrische Anstalt beherbergte. Bei dem Dokument handelte es sich um einen Zulassungsantrag und ich erstarrte, als ich den Namen von der Person sah, die aufgenommen worden war.

Jonathan S Drazen III

Sein Alter zu dieser Zeit stand gleich neben seinem Geburtsdatum, also musste ich mir nicht ausrechnen, dass er sechzehn gewesen war. Alles andere war mit dicken Linien geschwärzt worden.

Das war es, was Gabby mir hatte erzählen wollen. Ich schob das Dokument zurück in die Mappe und stopfte das ganze Ding mit zitternden Händen in eine Schublade.

sechzehn

Darren schlürfte rechtzeitig den Hügel hoch. Er sah mich kurz an, als er an mir vorbeilief, um ins Haus zu gehen. Ich konnte nicht sagen, was er über die Veränderung an dem Haus dachte, aber es war mir auch egal und ich wäre bereit, Jonathan erneut zu verteidigen.

Langsam trafen die Leute ein. Die Hipster aus dem Osten der Stadt, die Musiker aus dem Westen und ein paar von den Lehrern der Colburn, die mir Anteilnahme für den Verlust eines derartigen Talentes entgegenbrachten. Alle würden sie sich mit mir unterhalten wollen. Wenigstens kannte ich ungefähr siebzig Prozent dieser Leute beim Namen, aber wenn ich daran dachte, dass ich mich mit all diesen Leuten unterhalten und meine »Kehlkopfentzündung« erklären müsste, war mir klar, dass sich die ganze Sache dadurch nur noch mehr in die Länge ziehen würde.

Ich setzte mein Kundenservice-Gesicht auf. Ich räusperte mich, was wehtat, und lächelte die erste Person an, die durch das Tor trat. Ich nickte, sagte »Kehlkopfentzündung«, während ich mir mit meinen Fingern über den Hals fuhr und ging dann zur nächsten Person über. Nach den ersten paar Leuten, wurde es allmählich einfacher. Ich dachte einfach an gar nichts, außer daran, es möglich zu machen, dass die Person, mit der ich sprach, sich wohl fühlte. Diese nach außen gerichtete Konzentration half mir.

Trotz all der ständig eintreffenden Anrufe und Nachrichten in den letzten Tagen, war ich doch überrascht, wie nett die Leute waren. Die meisten wollten helfen. Ich ließ Darren den inneren Teil des Hauses in Beschlag nehmen, während ich mich auf die Veranda konzentrierte, Hände schüttelte, Wangen küsste und lächelte, als würde ich Bestellungen entgegen nehmen. Ich hörte auf, Gesichter zu sehen. Ich liebte sie alle, *en masse*, ohne Ausnahme. Ich wurde von einem plötzlichen Gefühl des Wohlbefindens durchflutet. Als Kevin schließlich seine Hand auf meine Schulter legte, war ich nach der Freisetzung des Endorphinschubs auf dem Höhepunkt meines Glücksgefühls.

Ich schlang meine Arme um ihn herum und flüsterte: »Danke, dass du gekommen bist.«

»Es tut mir so leid, Monica. Ich weiß, wie viel sie dir bedeutet hat.« Seine Hände streichelten über meinen Rücken und ich dachte mir rein gar nichts dabei.

Ich sprach leise in sein Ohr. »Diese Sache. Diese Idee. Ich bin dabei. Gib mir einfach ein wenig Zeit.«

Er drückte mich noch fester an sich. Ich erinnerte mich, wie er das in der Vergangenheit auch immer gemacht hatte, wie er seinen Bizeps angespannt hatte, bis ich dachte, dass meine Rippen brechen würden.

Er ließ von mir ab, aber wir standen noch immer nah beieinander und er sprach leise, damit es sonst niemand hören würde. »Ich habe die Idee dem Modern of British Columbia in Vancouver vorgetragen. Für die Weihnachtszeit. Sie haben überraschenderweise ein freies Plätzchen zur Verfügung. Können wir das schaffen?« Er lehnte sich zurück und sah mir in die Augen, während er seine Hand noch immer in meinem Nacken liegen hatte, eine Berührung, die mir sehr wohl bekannt war und obwohl die Geste viel zu intim war, zog ich mich nicht von ihm zurück.

»Lass uns darüber reden«, flüsterte ich.

»Sobald du wieder reden kannst«, sagte Kevin lächelnd.

Sein Duft sagte mir, dass er jetzt anwesend war. Der neue Duft. Sägemehl und Leder, mit einer leichten Note, die eine Nacht voller wildem Sex versprach und blaue Flecken auf dem Hintern nach sich ziehen würde. Ich drehte mich um und fand Jonathan hinter mir, in einem schwarzen Anzug, der wie für ihn gemacht war, einem grauen Hemd und einer schwarzen Krawatte. Die dunklen Farben betonten sein zurückgekämmtes, kupferfarbenes Haar und die jadegrünen Augen.

Er hielt Kevin seine Hand hin. »Gut, dich wieder zu sehen«, sagte er, seine Stimme angespannt und übertrieben freundlich. Seine Augen wirkten eiskalt und er lächelte auf eine Art und Weise, die wirkte, als würde er seine Zähne fletschen. Dieses Auftreten hatte ich von Jonathan noch nie miterlebt und ich mochte es auch nicht. Kein bisschen.

Ich erinnerte mich an das Schriftstück in der Mappe. Wäre es möglich, dass ich gerade Zeuge seiner Symptome wurde, weswegen er in eine Heilanstalt eingewiesen worden war? Scheiße, mir war klar, dass ich ihm darüber keine Fragen stellen konnte, aber jetzt würde ich mich immer wundern.

»Natürlich«, erwiderte Kevin. Dann sah er wieder mich an und machte etwas, wozu er kein Recht hatte. Er berührte meinen Arm und sagte: »Ich werde dich bezüglich dieser Idee anrufen«, bevor er schließlich ins Haus lief.

Heilige Mutter Gottes, war ich wirklich gerade auf Gabbys Totenwache, Zeuge eines *-Wer kann am weitesten pissen - Wettkampfes* geworden? Echt jetzt? Für einen Moment vermisste ich wirklich die Vorteile der Enthaltsamkeit, dann sah ich Jonathan an, dessen Gesicht jetzt wieder gelassener wirkte. »Was zur Hölle war das denn gerade?«, fragte ich.

»Vergiss es. Wie ist es bis jetzt gelaufen?«

»Ich habe mein Pokerface aufgesetzt.« Ich lehnte mich zurück und zeigte ihm mein Bühnenlächeln.

»Hinreißend. Debbie hat gesagt, dass es keinen Sarg gibt.«

Ich schüttelte meinen Kopf und versuchte alles, um ihm klarzumachen, dass ich dachte, dass diese Vorstellung einfach absurd war.

»Als ein anständiger, nichtpraktizierender Katholik«, sagte er, »habe ich das Bedürfnis nach einem offenen Sarg.«

»Ich nicht und ich bin auch ein nichtpraktizierender Katholik.«

Er legte seinen Arm um mich. »Meine Mutter wird dich lieben.«

Ich schluckte schwer, noch schwerer als sonst, durch den beanspruchten Rachen. Ich hatte keine Ahnung, wie seine Eltern damit zu vereinbaren waren, dass ich seine unterwürfige Sexspielzeug-Hure war oder ob dies vielleicht bedeutete, dass er mich so weit wie möglich von seinen Eltern fernhalten würde. Es war einfach zu viel, was ich unter diesen Umständen verarbeiten musste.

Ich wandte meinen Blick von ihm ab. Meine Augen fanden Darren und Adam, die in einer Ecke leise miteinander sprachen. Darren sah auf und unsere Augen trafen sich. Er kam rüber und ich hoffte, dass Jonathan nicht einem weiteren Piss-Wettkampf zustimmen würde.

Als ob er davon ausgehen würde, dass Darren nicht im geringsten eine Gefahr darstellen würde, da ja Kevin noch immer in der Nähe war, entschuldigte sich Jonathan kurz, sobald wir ins Haus traten.

»Ich werde mich nicht entschuldigen«, sagte Darren.

Ich zuckte die Achseln. Genauso wenig wie ich.

»Adam wird deinen Pfand auslösen, um was es sich auch immer handeln mag.«

»Okay.« Ich wollte ihn fragen, wie lange es wohl dauern würde, denn ich wollte nicht, dass Jonathan mich ohne zu sehen bekam und damit riskieren, dass er Darren den gleichen eiskalten Blick zuwerfen würde, wie ich das gerade bei Kevin miterlebt hatte.

Ich sah in Darrens Gesicht. Ich hatte ihn erst vor zwei Stunden geohrfeigt und es schien bereits verheilt zu sein. Gabby hatte damals, als ich sie dann im Krankenhaus besuchen ging, blaue Flecken auf ihrer linken Wange, und meiner Hand war es in den neuneinhalb Minuten, in denen ich ihr immer wieder auf die Wange gehauen hatte, auch nicht besser ergangen, nur weil ich der Meinung gewesen war, dass es sie am Leben erhalten würde. Und vielleicht hatte es das sogar. Ich hatte es niemals herausfinden können, da sie in ihrem Krankenhausbett saß und Entschuldigungen vorbereitet hatte und ich alles mir mögliche getan hatte, um sie abzulenken. Alles. Mehr hätte ich damals einfach nicht für sie tun können.

Ich fragte: »Hat Gabby dir jemals erzählt, was sie über Jonathan wusste?«

»Nein, aber es war nichts Gutes. Warum?«

Ich fühlte mich plötzlich so ausgelaugt. Meine Augen schmerzten. Meine Schultern fühlten sich an, als würden sie ein enormes Gewicht tragen und meine wunderschönen Schuhe drückten mich zu weit nach vorne.

»Monica?«, sagte Darren, bevor er seine Hand auf meinen Arm legte.

Ich fühlte Jonathans Anwesenheit und stellte mich aufrechter hin, schüttelte das Gefühl ab und legte wieder mein Bühnenlächeln auf. Jonathan legte seinen Arm um mich und führte mich nach hinten und in den Garten hinaus. Ich wusste nicht, ob ein Blick zwischen ihm und Darren ausgetauscht worden war und es war mir auch egal.

Mein Dad hatte den kleinen Garten mit den privaten Bereichen und den verschiedenen Fruchtbäumen entworfen. Er hatte Platten so platziert, damit sie einen Weg bilden würden und hatte eine Überwucherung erlaubt, wo sie gebraucht wurde, eingefasst von harten Linien mit tiefliegenden jadegrünen Pflanzen und Steinen. Ich führte Jonathan in den hinteren Teil, zu der Betonmauer, die den Hügel davon abhielt in unser Haus zu rutschen. Ich hatte mir die Bank, die dort stand, schon seit Monaten nicht mehr angesehen. Sie war dreckig, von Blättern und Staub bedeckt. Jonathan wischte drüber, dann setzten wir uns hin.

»Kommst du zurecht?«, fragte er, während er über meine Haare streichelte.

Ich legte meine Arme um seine Schultern und küsste ihn an dem Ort, an dem seine Wange seinen Hals berührte. »Was war das vorhin mit Kevin?« Ich musste wissen, mit wem ich es hier zu tun hatte und jede neue Information bewies mir, dass ich wirklich keine Ahnung hatte.

»Ich bin nicht gut darin, zu verstecken, wenn ich wütend bin. Ich mag nicht, was er dir angetan hat.« Seine Lippen berührten meinen Hals und seine Hand führte mich zu seinem Mund.

»Besitzdenken und Eifersucht sind Dinge, die mich wirklich abturnen, Jonathan. Wenn du mir nicht vertrauen kannst - «

»Ich bin nicht besitzergreifend. Ich möchte nur nicht, dass dich wieder jemand verletzt.«

Ein tiefer Seufzer entwich meinen Lippen und ich vergaß alles, als seine Zunge meine empfindlichste Stelle an meinem Hals fand. »Jonathan…«

»Keine Unterhaltung.«

Der Arm hinter der Bank brachte mich näher zu ihm heran und die Hand auf meiner Wange ließ er zu meiner Brust gleiten. Er umfasste diese und sie reagierte sofort, in dem sie anschwoll und den Nippel unter meinem Pulli hart werden ließ. Er kratzte mit seinem Fingernagel über die harte Knospe, zuerst ganz sanft, dann grober. Er strich mit seinem Gesicht über das meine, bis sich unsere Nasen berührten und ich die blauen Akzente in seinen Augen sehen konnte.

Er zwickte meinen Nippel hart durch den Pulli und meinen BH hindurch. Mein Mund öffnete sich, aber kein Geräusch war zu hören. Ich griff zwischen seine Beine, wo ich seine Erektion durch seine Hose hindurch fühlen konnte.

»Nein, Monica. Das hier ist nur für dich. Bring deine Hände an deine Seite.«

Ich schüttelte meinen Kopf.

»Das erregt mich genauso«, sagte er. »Es erregt mich, wenn du mir gehorchst. Verweigere mir das nicht.«

Ich machte, was er gesagt hatte, wie immer. Ich war von jemandem die unterwürfige Sexspielzeug-Hure, der vergessen hatte, mir zu erzählen, wo er sein sechszehntes Lebensjahr verbracht hatte. Ich entschied, dass ich darüber später nachdenken würde.

Er legte seinen Daumen gegen meine Lippen. »Mach ihn feucht.«

Ich nahm seinen Daumen zwischen meinen Lippen auf und er bewegte ihn über meine Zunge, als ich daran saugte und Flüssigkeiten in meinem Mund ansammelte, damit ich ihm geben konnte, nach was er verlangte. Ich würde alles tun, nach was er mich fragen würde. Die einsetzende Flut zwischen meinen Beinen verlangte es im gleichen Maße, wie er es tat.

Unsere Nasen berührten sich noch immer, als er seine Hand unter meinen Pulli schob und den BH nach oben rutschte, damit er meine Brust in die Hand nehmen konnte. Ich geriet ein wenig in Panik, als er dazu an meinem Bauchnabel vorbei musste, wo der Diamant hätte sein sollen, aber er glitt einfach daran vorbei und nahm einen Nippel zwischen seinen Zeigefinger und den feuchten Daumen. Mir entwich ein *hah*, als er diesen zwickte und drehte.

»Halt deine Augen geöffnet«, sagte er. »Sieh mich an.«

Ich machte, was er mir auftrug.

Ich sah nur ihn, als er an meinem Nippel zupfte. »Das ist, wer wir sind.« Als ob er meinen Einspruch durch mein Verlangen hindurch sehen konnte, fuhr er fort: »Du und ich. Du weißt es.«

Er zog seinen Daumennagel über den erregten Nippel und ich öffnete meinen Mund, aber keine Worte waren zu hören.

»Deine Beine sind zusammen. Spreize sie.«

Das tat ich, während ich die Anwesenheit meiner Hose verfluchte. Ich wollte dort seine Berührung spüren. Ich wollte, dass er fühlt, wie feucht ich für ihn war. Eine Welle der Schuld traf mich, dafür, dass ich auf Gabbys Totenwache so erregt war, aber es wurde durch das Brüllen zwischen meinen Beinen gedämmt, als er erneut meinen Nippel drehte.

»Öffne die Hose.«

Ich knöpfte die Hose auf und zog den Reißverschluss runter, erlaubte aber meinem Pulli den Bauchnabel verdeckt zu halten.

»Schieb deine Hand zwischen deine Beine«, flüsterte er.

»Das kann ich nicht.« Irgendwie fühlte es sich in Ordnung an, seine Berührungen auf mir zu erlauben. Aber mich selbst zu berühren, schien so zügellos.

»Doch, das kannst du. Und das wirst du. Für mich.«

Ich schob meine Hand in mein Höschen, stoppte aber dann.

»Bitte«, sagte er, nicht wie eine Bitte, es war ein Auftrag.

Mein Mittelfinger traf zuerst auf meine Hitze, die sich über meiner angeschwollenen Klitoris wie Tau angesammelt hatte. Jonathan seufzte, als sich mein Gesichtsausdruck veränderte. Ich bewegte meine Hand zu meiner Öffnung, zog das Prickeln und die Hitze hinter mir her, umkreiste, sammelte die Feuchtigkeit zwischen meinen beiden Fingern wie eine Metallkugel, die Kreise auf einem Roulettetisch zog.

Jonathan küsste mich auf die Wange und massierte meine Brust, sorgte dafür, dass mein Nippel granithart und tropfnass blieb. Ich war fast soweit. Mein Körper erinnerte sich daran, wie ich mit Jonathan unter den Bettlaken gelegen hatte, auch wenn mein Verstand bereits zu anderen Dingen gewandert war.

»Darf ich kommen?«, flüsterte ich. Die Dinge zwischen uns haben sich vielleicht verändert, aber eine Sache blieb nicht undefiniert. Ihm gehörten meine Orgasmen und ich wollte, dass er sie besaß.

»Du bist so ein braves Mädchen.«

»Darf ich?«

Er wartete, bis er antwortete, küsste meine Nase, meine Wange, streichelte meine Brust. Ich befriedigte mich selbst, während er mich umgab. Mein Orgasmus drückte gegen mich, ein Druck tief in mir drin, der fragte, ob er rauskommen konnte, bettelnd, verlangend. Ich versuchte es zu erklären, *noch nicht, nicht bis er…* Auf einmal packte er meinen Nippel so hart, dass es schmerzte und sagte: »Komm.«

Die Anspannung platzte wie eine gerissene Saite auseinander. Mein Körper spannte sich unter seiner Berührung an, pulsierte und zog sich von meiner Fotze bis hin zu meinem Hintern zusammen. Ich öffnete meinen Mund, und auch wenn ich innerlich schrie, entwich mir nur Luft.

»Hör nicht auf«, sagte er.

Meine Hand bewegte sich noch immer und der Orgasmus hielt an. Meine Knie beugten sich und mein Körper krümmte sich immer wieder. Dann erstarrte ich, als wäre ein Schuss abgefeuert worden und hauchte *ah, ah, ah*. Es tat weh und gerade als ich dachte, dass ich es nicht mehr länger ertragen könnte, sagte er: »Stopp.«

Ich fiel in seine Arme, wie ein bebender Haufen Wackelpudding.

Er lachte. »Ich glaube, dass du das gebraucht hast.«

Ich lehnte meinen Kopf einfach nur gegen seine Brust und schnappte nach Luft.

»Du hast deine Stimme nicht benutzt«, sagte er, während er über meine Haare streichelte. »Ich war mir fast sicher, dass es helfen würde.«

Ich zuckte mit den Schultern.

»Wir müssen wieder reingehen«, sagte er, »bevor all deine Ex-Freunde rauskommen und ich sie umbringen muss.« Er strich mit seiner Hand über meinen Bauch und erstarrte. Er hob meinen Pullover an, damit er auf meinen nackten Bauchnabel sehen konnte. »Hast du ihn verloren?«

Ich legte meinen unschuldigsten Gesichtsausdruck auf und kombinierte diesen mit einem Häufchen Überraschung. »Im Gebäude.« Ich zeigte in die Richtung des Hauses und falls der Piercing nicht gerade transportiert oder gestohlen wurde, stand die Möglichkeit doch sehr gut, dass er sich tatsächlich in *einem* Gebäude befand.

Er nickte und zog den Pulli nach unten und beobachtete dann, wie ich meine Hose zuknöpfte. Er schien nachdenklich und ich fragte mich, ob er mittlerweile sensibel auf zusammenhangsbezogene Lügen reagierte.

siebzehn

Als wir ins Haus kamen, hatte sich die Totenwache bereits fast aufgelöst. Die Angestellten der Catering Firma putzten und räumten ihre Dinge weg, während sie den kürzesten Weg zu dem Truck suchten. Nur wenige Menschen blieben zurück. Vor allem aber war es Darren, der verloren aussah, während er um die Speisereste herumschlich. Adam war nirgends zu sehen. Jonathan und Debbie unterhielten sich leise an der Tür.

Ein Mann um die Fünfzig, mit langen, glatten Haaren und einer runden Brille, das ein Plastikgestell hatte, kam auf mich zu. »Bist du Monica Faulkner?«

Als ich nickte, streckte er mir seine Hand entgegen. »Jerry Evanston. Ich habe Gabby diesen einen Nachmittag kennengelernt.«

Ich neigte meinen Kopf zur Seite. Mein Erinnerungsvermögen machte nicht mit.

»Eugene von WDE hat mich gebeten, zu dem DownDawg Studio in Burbank zu fahren, um einer Künstlerin Gesellschaft zu leisten. Es war verrückt, aber er hat mir meinen letzten Auftrag besorgt, also war ich ihm was schuldig. Ich habe es nicht hinterfragt. Ich wollte eigentlich nur sagen, dass es mir leid tut. Ich konnte ja nicht wissen, dass so etwas passieren würde. Eugene ist ein Arschloch, aber ich kenne ihn schon seit dem College und er tut mir immer einen Gefallen, falls ich in Not sein sollte.«

Ich nickte und machte mit meiner Hand ein Zeichen, dass ich wusste, dass er der Typ war, der Gabby Gesellschaft geleistet hatte, während ich diese Aufnahme ganz allein in den Sand gesetzt hatte. Sie hatte Recht behalten. Es war ein abgekartetes Spiel gewesen.

»Ich verstehe, wenn du verärgert bist.«

»Ist schon gut«, flüsterte ich. »Du hattest es ja nicht wissen können.«

»Sie hat für mich gespielt und sie war brillant. Eugene hat gesagt, dass du auch echt gut bist.«

Ich zuckte mit den Achseln. Es schien, wie der einfachste Weg, um einen Paragraph, angefüllt mit Emotionen, zu kommunizieren. Ich war gut. Ich war wertlos. Ich war stumm. Ich war Musik.

»Ist deine Stimme okay?«

»Kehlkopfentzündung.«

»Ich wollte dir ein Angebot unterbreiten, weil ich mich schuldig deswegen fühle, wie das alles abgelaufen ist.«

Ich nickte. Der Raum wirkte auf einmal so erdrückend, mit zu vielen Menschen in der Nähe. Dazu kam noch Yvonne, die eine ihrer Augenbrauen auf eine Weise hob, als wäre ich ihre einzige Quelle für interessante Neuigkeiten.

»Ich höre«, sagte ich.

»Ich habe diesen Job. Bin ich durch Eugene drangekommen, aber das wird im Hinblick auf den Job keine Rolle spielen. *Carnival Records*. Ich arbeite mit EVP zusammen, um neuen Talenten dabei zu helfen, sich zu entwickeln.«

»Herman Neville?«, fragte ich, während ich mich wie Gabby mit ihrem magischen Wissen für Namen fühlte.

Jonathan trat hinter mich und ich nahm seine Hand. Mehr als alles andere wollte ich mich an ihn lehnen. Er und Jerry nickten sich gegenseitig zu.

Jerry fuhr fort: »Genau. Und ich habe da diese Studiozeit, die ich für Dienstag reserviert habe. In Burbank. Ein Talent hat heute Morgen abgesagt und ich habe mir überlegt, falls du an einer Low-Budget-Produktion interessiert bist, die auf Qualität setzt, nur du, könnten wir etwas brauchbares basteln und ich würde es ihm dann bringen. Keine Versprechungen. Aber ich würde mich besser fühlen.«

»Könnte es eins von meinen Liedern sein?«

»Na ja, das müsste es sogar. Wenn du die Stimme hast, um es zu singen, dann na klar.«

»Ja.« Meine Zustimmung entlud sich in einem Hauchen und ich wunderte mich, was zur Hölle ich hier eigentlich machte. Ich hatte kein Lied. Scheiße, ich hatte keine *Stimme*. Was verdammt dachte ich mir nur dabei?

»Großartig, hier ist meine Karte.«

»Dankeschön.« Ich starrte sie an. Darauf stand nur sein Name und seine Handynummer. Könnte jeder sein. Und als er ging, dachte ich, dass er wahrscheinlich die letzte Person gewesen war, die Gabby spielen gehört hatte.

Jonathan trat näher hinter mich, als Jerry fortlief, und rieb über meinen Rücken. Seine Berührung fühlte sich sogar durch meinen Pulli hindurch elektrisch an. Ich wagte einen Blick auf Yvonne, die unsere Intimität auf eine »du rockst, Mädchen« - Art faszinierend zu finden schien.

»Wie geht's dir?«, fragte er leise.

»Müde.«

»Willst du für ein paar Tage mit zu mir kommen?«

Meine Knie verloren beinahe die Fähigkeit aufrecht zu stehen. Nach nichts verlangte es mir im Moment mehr, als in seinem Gästezimmer unter die Bettdecke zu kriechen, wo wir den ganzen Spaß gehabt hatten, dort würde ich ihm erlauben, mich über mehrere Tage hinweg zu berühren und mit mir Löffelchen zu liegen. Seine Stimme, während ich dabei wäre einzuschlafen, die sanfte Berührung seiner Lippen und das Gefühl, dass sich jemand um mich kümmerte, wo ich sicher und nicht allein wäre. Das war genau das, was ich mir mit meinem ganzen Herzen wünschte. Ich sah in diese jadegrünen

Augen, die im Moment nichts von dieser arroganten Dominanz zeigten, sondern nur besorgt wirkten und dann sagte ich: »Ich kann nicht.«

»Warum nicht?«

»Du bist kein Prinz, Jonathan. Du bist ein König. Aber ich bin noch nicht bereit.« Ich legte meine Hand auf seine Wange und sah ihn an, als könnte dies die tiefen Gefühle, die ich für ihn hatte, auf ihn übertragen, oder die Zweifel über meine Vernunft.

»Ich gebe mir wirklich sehr große Mühe, kein kontrollbesessener Scheißkerl zu sein.«

»Das gelingt dir auch sehr gut.«

Er ließ mich mit einem zärtlichen Kuss zurück, den Yvonne gesehen hatte. Darren war auch schon weg. Ich bemerkte, dass das Personal und deren Ausrüstung verschwunden war, während mir Debbie sagte, dass ich morgen nicht kommen müsste, wenn mir nicht danach wäre. Dann war nur noch ich in meinem sauberen Haus, allein. Die Tür zu Gabbys Raum war zu. Ich öffnete sie.

Das Wissen meiner besten Freundin, wenn es um die Hollywood Verbindungen ging, kam von stundenlanger Recherche. Auf ihrer Kommode stapelten sich Mappen, jede mit einem Namen. Bunte Zettelchen mit ihrer Handschrift dekorierten die Unterseite jeder Mappe, mit Querverweisen durch Namen, Ausbildung, Job sowie persönliche und familiäre Beziehungen. Stapel über Stapel der *Variety,* der Kalenderbereich der *LA Times,* der *New York Times* und des *Hollywood Reporter* erhoben sich in Türmen über den gesamten Perimeter ihres Raumes. Ich hatte sie mehr als einmal gefragt, ob sie denn nicht die Recycle Tonne verwenden möchte, aber sie dachte, dass es ja dann vielleicht eine Verbindung geben könnte, die sie übersehen würde, also war es ihr nicht möglich gewesen, auf eine einzelne Ausgabe zu verzichten. Am Ende hatte sie den Haushalt einfach in ihren Raum geräumt und die Tür geschlossen.

Jonathans Nachricht kam an, gerade als ich mir überlegte, ob ich Gabbys Tür nicht einfach für immer verschließen sollte.

— *Alles ok?* —

— *Füße tun weh. Sonst alles ok. Ich gehe gleich ins Bett* —

— *Gute Nacht, Göttin* —

— *Wir haben noch immer viel zu besprechen* —

— *Sobald du wieder reden kannst, werden wir das auch tun. Jetzt geh ins Bett. Berühr dich ja nicht. Ich würde es wissen* —

Ich war mir sicher, dass er das würde, irgendwie. Genauso wie ich mir sicher war, dass er wusste, dass sich der Diamant in einem kleine Beutel im Stadtzentrum befand.

achtzehn

Ich wollte nach Gabbys Totenwache einfach nur tagelang im Bett verbringen, aber ich konnte die Arbeit nicht einfach sausen lassen. Ich lief für die Mittagsschicht rein, mit ausgetrockneten Augen und geschminkt. Ich legte mein Bühnenlächeln für Debbie auf, die ihre roten Lippen spitzte und generell sehr unbeeindruckt wirkte.

»Kannst du reden?«

Ich schüttelte meinen Kopf.

»Was glaubst du dann, was du hier tun könntest?«

Mein Gesichtsausdruck musste ratlos gewirkt haben, denn ich hatte nicht den blassesten Dunst. Debbie seufzte und rief Robert von der anderen Seite der Bar zu uns rüber, wo er gerade mit zwei Frauen flirtete, die wie Covermodels aussahen. Sie nahm mir meinen Notizblock ab und sagte zu ihm: »Monica wird sich heute um die Bar kümmern.«

»Warum? Es ist Mittagszeit.«

»Hinterfrage mich noch einmal.«

Robert war sofort eingeschüchtert. Der Ton in Debbies Stimme löste auch etwas in mir aus. Eine Bestätigung. Ein Wachsein. Als sie zu mir rüber sah und andeutete, dass ich zu der anderen Seite der Bar gehen sollte, wusste ich, was es war, weil ich diesen Ton auch schon von Jonathans Lippen gehört hatte. Debbie war dominant.

Die Tatsache, dass ich dies erkannte, sagte mir mehr über mich, als ich wissen wollte. Ich hatte den ganzen Morgen und Nachmittag über versucht, mich zu beschäftigen, hatte im Haus herumhantiert, Gabbys Sachen aufgehoben und diese dann in eine Box getan. Die Kopien der *Variety* aufs Klavier. Die Schuhe zur Tür. Das Metronom, das sie am Fernseher stehen gelassen hatte. Notenblätter. Ich hatte alles in *Behalten* und *Wegschmeißen* unterteilt und mich dann doch dazu entschieden, alles für Darren aufzuheben. Ich hörte nicht ihre Stimme in meinem Kopf, sondern ihre Musik. Ich setzte mich ans Klavier und spielte eine ihrer Kompositionen, die sie immer gespielt hatte, wenn sie sich bedroht oder machtlos gefühlt hatte, das bombastische Teil, das sie erst den einen Tag gespielt hatte. Ich hörte mittendrin auf. Ich klang nicht so gut wie sie. Manche Tasten klangen nicht richtig, aber sie hatte ihre Werke niemals aufgeschrieben. Das hatte sie nur gemacht, um herauszufinden, wie ein Stück funktionierte, das sie zuvor gehört hatte. Ich schnappte mir ein paar Blätter der Notenzettel, die ich auf den *Wegschmeißen* Haufen gelegt hatte und spielte auch diese und notierte währenddessen die Noten. Und dann, als könnte man die Noten nicht als einfache Töne festhalten, flogen Worte hindurch. Ich war losgerannt, um meinen Notizblock zu holen, der neben dem Bett lag.

Was wenn er mir ein Halsband anlegt? Mich schlägt? Mich spankt? Mich beißt? Mir in den Arsch fickt? Mich auspeitscht? Mich verletzt? Mich ausstellt? Mich knebelt? Mir die Augen verbindet? Mich mit anderen teilt? Mich bloßstellt? Mich fesselt? Mich zum bluten bringt? Mich emotional verkorkst?

Diese beschissene Liste. Ich hätte noch weitere hundert Wörter hinzufügen können.

Meinen Mund aufspreizt. An meinen Haaren zieht. Meinen Mund fickt. Mich eine Hure nennt. Mir sagt, dass ich den Boden lecken soll. Mich zerstört. Dafür sorgt, dass ich mich selbst hasse. Mich zu einem Tier werden lässt.

Und. das war es, oder nicht? Ich hatte Angst, dass ich zu etwas Unmenschlichem werden könnte, nicht nur in seinen Augen oder den Augen, der Leute um uns rum, sondern vor allem von meinem Blickfeld aus gesehen.

Ich erinnerte mich an den Ton in Jonathans Stimme, wenn er etwas von mir verlangte. Die Ruhe, die Sicherheit, die Note an sich. Der Akkord. Ich spielte es, experimentierte mit den Tönen, bis ich ein Ergebnis in D hatte, dann checkte ich die Aufzeichnungen, die ich von Gabbys Stück hatte. Ich würde das schaffen. Ich würde sie am Leben erhalten. Ich würde herausfinden, wie es mit ihm weitergehen sollte.

Diesen Ton in Debbies Stimme gehört zu haben, brachte mich für einen Moment aus dem Konzept und ich stand einfach nur da. Sie hob ihre Augenbraue und machte eine Bewegung mit ihrer Hand, machte klar, dass es Zeit für mich war, hinter die Bar zu treten und meinen Job zu machen. Als ich an ihr vorbeilief, sagte sie: »Du musst dir einen Arzt suchen.«

Ich lächelte, nicht weil ich ihr zustimmte, sondern weil ich wusste, dass es nicht etwas war, womit mir ein Arzt helfen könnte. Ich wusste nicht, ob ich rechtzeitig meine Stimme wieder finden würde, um am Donnerstag mit Jerry etwas aufzunehmen, aber wenigstens hatte ich bereits den Anfang eines Liedes.

Ich schenkte den Mädchen was ein, tanzte um Robert herum, um zu den Flaschen zu kommen, füllte das Eis nach, falls nötig und füllte das Bier auf. Ich machte mich wirklich in seinem Bereich zu schaffen und nahm dabei auch Einfluss auf unser aller Trinkgeld für heute, also versuchte ich, nett zu ihm zu sein.

Ich hatte eine Menge Spaß dabei, als Kommunikationsform einfach nur zu lächeln und zu nicken, jedenfalls bis ich Darren an der Bar entdeckte. Er war schlecht gelaunt.

»Hey«, sagte er. »Du bist wieder hier.«

Ich verwies darauf, dass ich nur an der Bar servierte, als Tanya mit einer Bestellung zu mir kam. Ich füllte die Gläser mit Eis auf, dann Likör und steckte ihre Bestellkarte bei sechs Uhr rein. Es war noch nicht viel los, also lehnte ich mich über die Bar und wischte den Bereich vor Darren ab.

»Kannst du mir ein Bier bringen?«, fragte er.

Ich schüttelte meinen Kopf. Robert warf mir bereits böse Blicke zu. Ich zeigte auf das Bier. Robert holte es aus dem Kasten raus, schenkte es ein und fing ein neue Karte an.

»Ich hab dir dein Teil ausgelöst«, sagte Darren. »Verdammt großer Stein.«

Ich hielt meine Handfläche auf.

»Ich hab's in deinem Haus aufs Klavier gelegt.«

Ich nickte und sah zu Debbie rüber, die gerade am Telefon war und mich beobachtete.

»Es tut mir nicht leid«, sagte er. »Ich hätte dich nicht Hure nennen sollen, aber das ändert nichts.«

Ich hatte so viel zu sagen, beginnend mit der Tatsache, dass ich keinen Sinn in seiner Nicht-Entschuldigung erkennen konnte und damit endend, dass ich sein wertendes Verhalten wirklich nicht ertragen konnte. Allerdings waren wir gleich auf, da ich ihm richtig eine geknallt hatte, also handelte es sich bei mir im Moment nicht um Feindseligkeit, sondern einfach nur um Ungeduld. Er musste darüber hinwegkommen, damit wir an der Sache für Vancouver arbeiten konnten. Was auch immer aus der Idee entstehen sollte.

Angie, eine weitere Bedienung, kam mit einer Bestellkarte vorbei und ich bereitete ihre Bestellungen vor. Dann die von Tanya. Dann von dem neuen Mädchen, von der ich den Namen vergessen hatte. Alle mussten härter arbeiten, weil ich nicht auf der Fläche war und Robert, der machte weniger, also versuchte ich alles zu geben. Bis ich mich wieder auf etwas anderes konzentrieren konnte, war Darren bereits weg und es lag ein Zweihundert-Dollarschein unter der leeren Flasche. Robert ging darauf zu, aber ich schnappte zuerst danach.

»Was zur Hölle, Monica?«

Dass ich nicht in der Lage war zu reden, raubte mir den letzten Nerv. Ich zeigte ihm das Geld und legte meine Hand in seinen Nacken, um ihn näher an mich heranzuziehen, damit er mein Flüstern verstehen würde. »Das ist eine Rückzahlung von einer Leihgabe.« Ich sah ihm mit all der Intensität in die Augen, die ich aufbringen konnte. Ich würde in dieser Sache kein Gegenargument akzeptieren. Ich schob ihn von mir weg.

Dann sah ich Jonathan am anderen Ende der Bar sitzen. Es war derselbe Platz, wie in der Nacht als er mich das erste Mal geküsst hatte, während wir das Tal von Mulholland aus überblickt hatten und erneut auf dem Parkplatz mit den Fast Food Trucks. Er lehnte mit seinen Ellbogen auf der Theke, sprach in sein Handy und beobachtete mich. Ich hatte ihm nicht mehr im Stock gesehen, seit dem er mich hungrig und verlangend nach ihm, auf Sams Schreibtisch zurückgelassen hatte. Ich nahm an, dass er mit Absicht und aus Respekt versuchte, meinen Schichten aus dem Weg zu gehen. Ich näherte mich ihm. Er öffnete seine Hand und ich legte meine in dem Moment in seine, als er das Telefonat beendete.

»Hallo, Göttin.«

Ich bewegte meinen Mund zu einem: *Hallo, König.*

»Du kannst noch immer nicht sprechen?«

Ich schüttelte meinen Kopf und starrte ihn einfach an. Ich war an ihn gewöhnt, an die Stärke seines Kiefers und an die Farbe seines Haares. Er war ein Vertrauter, den ich auf einer tieferen Ebene kennenlernte durfte, jede einzelne umwerfende Stelle seines Körpers nach der anderen. Ich wollte über die Bar krabbeln und mich in seine Arme fallen lassen.

»Wann wolltest du mit diesem Typ ins Studio?«

Donnerstag, formte ich mit meinen Lippen. Er beobachtete diese mit einer nervenaufreibenden Intensität.

Ich zuckte mit den Achseln. Dass ich nicht reden konnte, bereitete mir Sorgen. Ich konnte an nichts anderes mehr denken, aber ich hatte auch kein Allheilmittel parat. Ich wusste, dass es kein physisches Problem war; es war Angst, die meine Stimmbänder davon abhielt, eine Verbindung zu schließen.

»Hast du nach der Arbeit schon was vor?«

Wieder schüttelte ich meinen Kopf. Gestern hätte ich ihm diese Frage noch beantworten können, aber die Sache hatte sich verschlimmert. Sein besorgter Gesichtsausdruck sagte mir, dass er dies bemerkt hatte. Aus den Augenwinkeln heraus sah ich, dass Sam auf uns zu gelaufen kam. Ich zog meine Finger aus Jonathans Hand und ging zurück an meine Arbeit an der Bar.

Jonathan tauchte nicht nochmal an der Bar auf, was wahrscheinlich besser so war. Über die Mittagszeit war es voller als sonst und wir waren so beschäftigt, dass ich sogar ab und zu mal ein paar dankbare Blicke von Robert bekam. Meine Schicht schien ziemlich schnell vorbeigegangen zu sein, aber es war bereits dunkel und die Heizlampen waren gerade angesprungen, als die Erleichterung über mich schwappte.

Debbie händigte Robert und mir unsere Briefumschläge. »War eine gute Nacht«, sagte sie. »Vielen Dank an euch beide, dass ihr so gut zusammengearbeitet habt. Du - « Sie zeigte auf mich. »- lass jemanden einen Blick auf deinen Rachen werfen. Du hast dich heute gut geschlagen, aber wir brauchen dich nicht an der Bar. Wir brauchen deine witzige und charmante Persönlichkeit auf der Fläche.«

Ich nickte und formte ein *okay* mit meinen Lippen, richtete meinen Blick aber nach unten. Es war sehr nett von ihr gewesen, dass sie mich nicht nach Hause geschickt hatte, sobald sie gemerkt hatte, dass ich nicht sprechen konnte und darüber war ich sehr dankbar.

Ich holte meine Sachen aus dem Spint und steckte den Briefumschlag in meine Hosentasche. In dem Moment spürte ich es, ein hartes Irgendwas, das zu starr war, um Geld sein zu können. Ich riss den Umschlag auf. Da war viel weniger drin, als ich das gewohnt war, aber ich musste die Umstände von heute bedenken. Außerdem fand ich eine Schlüsselkarte für einen der Räume im Hotel des *Stock*.

Mein Handy meldete sich mit einer eingehenden Nachricht.

– *Raum 522: Sei nackt* –

Eine Welle der Elektrizität schoss durch mein Geschlecht. Obwohl er und ich so viel zu besprechen hatten, obwohl ich nicht sprechen konnte und bezüglich dieser Sache einen Arzt aufsuchen sollte, trotz allem, wollte ich ihn sofort. Ich griff nach meiner Tasche, machte mich auf den Weg zum Fahrstuhl und tippte währenddessen.

– Warum willst du dich überhaupt mit mir behelligen, wenn ich deinen Namen nicht herausschreien kann? –

– Du wirst schreien –

– Ich glaube, ich sollte einfach nach Hause gehen und meine Socken waschen. –

Ich stieg im fünften Stockwerk aus, als ich mich an die eine Sache erinnerte, die mich zum heim gehen bewegen sollte. Ich verfluche mich selbst. Ich hätte ihm eine ehrliche Absage erteilen und einen anderen Zeitpunkt mit ihm ausmachen sollen. Es hätte mir schon geholfen, wenn wir uns erst in einer Stunde treffen würden. Aber jetzt bedeuteten meine scherzhaft sarkastischen Antworten, dass ich auf dem Weg nach oben war und mein Bauchnabelpiercing lag auf dem Klavier bei mir zu Hause. Scheiße.

Ich stand noch immer vor dem Fahrstuhl und starrte auf mein Handy runter. Ich hatte keine andere Wahl.

– Eigentlich, kann ich doc…

Ich beendete die Nachricht nicht. Alles, was ich schreiben wollte, klang wie eine Ausrede. Ich hatte ihm ja schließlich schon gesagt, dass ich keine Pläne hätte. Auch hatte er gesehen, dass ich nicht krank oder anderweitig unpässlich war. Ich würde mich wohl einfach zusammenreißen, wie eine Erwachsene verhalten und durch diese Situation hindurch manövrieren müssen.

neunzehn

Ich wusste nicht, was ich mit mir anstellen sollte. Eigentlich sollte ich mich ausziehen und nackt auf ihn warten, aber ich konnte nicht in all meiner Pracht vor ihm stehen, wenn der Diamant doch fehlte. Er würde das fehlende Schmuckstück natürlich irgendwann bemerken, allerdings wäre es mir lieber, wenn es nicht gleich in den ersten drei Sekunden passieren würde, während er noch in voller Montur wäre und ich nervös und nackt vor ihm stünde.

Also lief ich den Raum auf und ab, sah aus dem Fenster und sah mir stattdessen die zweifelhafte Pracht des Stadtzentrums an, während ich mit Erwartung, die dieses Mal ohne die erregende Komponente auskommen musste, auf Jonathan wartete. Als die Tür aufschnappte, wollte ich wegrennen, aber Jonathan blockierte den Weg.

Er ließ seinen Blick über meinen Körper gleiten, über meine schwarze Jeans und das T-Shirt, dann neigte er seinen Kopf zur Seite, als ob er versuchen würde, mich zu entschlüsseln. »Irgendetwas ist hier nicht so, wie es sein sollte«, sagte er, als er seine Schlüsselkarte auf die Kommode fallen ließ. Er wirkte nicht wütend, sondern streng. Sogar als ich lächelte und wie ein Unschuldsengel mit den Schultern zuckte, änderte sich seine Miene nicht. Er trat so nah an mich heran, dass ich seinen Atem auf meiner Wange spüren konnte. »Nackt, Monica.«

Ich erschauerte. Ich wollte seinem Befehl Folge leisten. Meine Hände zuckten, mental bereits auf dem Weg Knöpfe und den Gürtel zu öffnen, aber ich hielt sie mit aller Macht unten und sah in seine Augen. Ich konnte dort ein Lächeln erkennen, vergraben unter Unnachgiebigkeit. Ich konnte allerdings nicht sagen, ob es sich um Humor oder Genuss handelte, aber ich konnte sehen, dass er Gefallen daran fand. Wenn ich ihn dazu bringen könnte, dass er mir meine Klamotten schnell und aus der Verzweiflung heraus vom Körper riss, dass er es nicht merken würde, dann würde ich diesen Moment unter Erfolg verbuchen können.

»Machst du das nur wegen der Sub-Sache?«, fragte er. »Versuchst du zu beweisen, dass du es nicht bist?«

Ich ließ meinen Mund geschlossen. Ich konnte sowieso nicht sprechen, also hatte ich gleichzeitig die beste Ausrede, um nicht antworten zu müssen. Ich behielt mein Gesicht einfach nah an seinem, um die Hitze zu spüren, die in Wellen auf mich zuschwappte.

Er strich mit seiner Hand über die obere Kante meiner Jeans. »Wirst du den Gürtel abmachen oder soll ich es tun?«

Ich beschäftigte meine zitternden Hände, in dem ich den Ledergürtel aus den Laschen entfernte und ihn herauszog. Ich wollte ihn gerade auf den Boden fallen lassen, als Jonathan danach griff.

»Vielen Dank«, sagte er.

Er schob seinen Finger in meinen Hosenbund und ich keuchte, als er meine Jeans aufknöpfte, bevor er den Reißverschluss runterzog. Er faltete die Ecken des Hosenstalls auseinander.

»Meine Absicht war es, dich dazu zu bringen, deine Stimme auf die eine oder andere Weise zu benutzen. Du hast dich für die *andere* entschieden.« Er nahm am Nacken eine Handvoll meines Haares und warf mich aufs Bett, Gesicht nach unten.

Ich landete auf dem Bett. Er war auf mir, noch bevor ich auch nur einen Atemzug nehmen konnte, setzte jeweils ein Bein links und rechts neben meine Schenkel, presste diese zusammen, während er meine Arme an meinen Ellbogen packte.

»Alles, was sich wie ein ›*Nein*‹ oder ein ›*Stopp*‹ anhört, ist effektiv. Aber du musst es aussprechen.« Er drückte meine Ellbogen hinter meinem Rücken zusammen.

Die Einschränkung führte zu einem Kribbeln zwischen meinen Beinen, eine Sensation, die tief in mir freigesetzt wurde und sich dann zu der Knospe in meinem Schritt aufgemacht hatte. Als er den Gürtel um meine Arme wickelte, oberhalb der Ellbogen, keuchte ich von dem plötzlichen Rausch der Erregung, der mich überkam und mich blendete. Er zog ihn fest. Ich konnte mich nicht bewegen.

»Du musst deine Stimme benutzen. Hast du das verstanden?«

Ich nickte, sah über meine Schulter, meine eine Gesichtshälfte gegen das Bettlaken gepresst, während die andere von meinen Massen an Haaren bedeckt wurde. Er griff nach meiner Jeans am Hosenbund und zog sie, einschließlich meines Höschens, über meinen Arsch. Ich dachte, dass er sie mir völlig ausziehen würde, aber er schob sie nur bis zur Mitte meiner Schenkel, bevor er pausierte, um meinen Arsch an- und zurückzuheben, bis meine Knie unter mir waren.

Er entfernte die Haare aus meinen Augen und sah tief in sie hinein, als er mit seinen Fingern über meine Vagina strich. »Du bist feucht, Monica.« Er umkreiste den äußeren Teil und presste dann meine Schamlippen auseinander.

Ich fühlte, wie feucht ich war, in der Art und Weise, wie er mich berührte und sanft durch meine Hitze glitt. Während er mein Gesicht beobachtete, entfernte er seine Hand und in dieser halben Sekunde, in der ich sie vermisste, nahm ich an, dass er jetzt seine Hose ausziehen und meine Fotze küssen würde, aber stattdessen landete seine Hand mit einem stechenden Klaps auf meinem Hintern. Ein *hah* entwich meiner Lunge. Dann wiederholte er die Aktion auf einer höhergelegenen Stelle. Hart.

Das Brennen fühlte sich intensiv an und der Rausch der Erregung war unverkennbar, als würde die Flut einsetzen. Meine Arme wehrten sich gegen die Fesseln, aber ich würde nirgendswo hingehen. Ich stand völlig unter seiner Kontrolle, war eingeschränkt, erregt und wurde dominiert. Ich hatte keinen eigenen Willen mehr, ich beugte mich ganz allein dem seinen, durch seine Handfläche auf meinem Arsch, als er einmal darüber streichelte, runter zu meiner Fotze, bevor er seine Hand wieder nach oben brachte, um mir erneut einen Klaps zu verpassen.

»Bist du okay, Baby?«, fragte er.

Ich nickte und gestand mir selbst ein, dass es mir mehr als nur okay ging. Ich fühlte mich sicher. Er fuhr fort. Rieb über meine empfindliche Haut, Klaps, streichelte mich, Klaps. Ich verlor mich selbst in dem Brennen und der Hitze auf meinem Hintern, unterwarf mich vollkommen dem Gefühl, was ich ihm erlaubt hatte, mit mir zu machen. Die Sekunden, die zwischen den Klapsen mit seiner Handfläche und den stechenden Schlägen vergingen, waren angefüllt mit heißer Vorfreude und er passte diese zeitlich so an, dass sie kamen, wenn ich es am wenigsten erwartete, was dazu führte, dass ich jedes Mal auf dem Bett ein Stück nach vorne rutschte. Mein Atem wurde harsch und kehlig, als er sich über meine Schenkel bewegte, erst den einen entlang, dann den anderen. Ich wusste, dass er mein Zentrum schlagen würde. Ich wusste, dass der nächste Klaps meine Fotze treffen würde und als wüsste er, dass mir dies klar war, hielt er den Klaps eine extra Sekunde zurück und schlug mich deswegen erst auf die Rückseite meiner beiden Schenkel, bevor er seine Hand auf meine durchtränkte Klitoris fallen ließ.

Ich grunzte.

»Monica, warst du das?« Auch er war außer Atem.

Ich konnte dieses Geräusch nicht wiederholen, nicht bevor er zwei Mal mehr gegen meine Fotze geschlagen hatte, hart und schnell, und der stechende Schmerz, gefolgt von dem Rausch der Lust, zog einen langen Vokal aus meiner Kehle.

»Da haben wir sie. Diese wunderschöne Stimme.«

Ich fühlte die Gewichtsverlagerung auf dem Bett, als er seine Hose auszog. Ich konnte nicht sehen, was er machte, aber diese Sekunden voller Erwartung, wurden belohnt, als ich seinen Schwanz an der lädierten Haut meines Hinterns spürte. Er rieb diesen durch die glitschige Feuchtigkeit meiner Spalte, bevor er in meine Hitze schlüpfte, als wäre er dazu bestimmt, dort zu sein.

»Jonathan«, war das einzige Wort, das ich hatte, als ich fühlte, wie er sich langsam in mich hineingleiten ließ. Noch nie hatte er sich so gut angefühlt, so glatt, schon fast seidenweich. Ich stöhnte, nutzte die Stimmbänder, die niemals dazu in der Lage wären, mein Leben zu ruinieren.

Er krallte seine Finger in meine Hüfte und presste sich hart und tief in mich hinein. Ein Grunzen verließ seine Lippen. Er nahm mich, dominierte mich, benutzte mich und ich würde genau hier kommen, während er auf meinen Rücken starrte.

»Nein«, sagte ich. »Nicht so.«

Er hörte auf sich zu bewegen und presste die Länge seines Körpers gegen meinen Rücken. »Wie willst du es?«

»Sei zärtlich«, flüsterte ich.

»Ich muss deine Stimme hören.«

»Mach Liebe mit mir«, sagte ich, was mir unangenehmer war, als wenn ich ihn anflehte, mich hart zu ficken. Aber nach dem Spanking brauchte ich seine Arme um mich herum, sein Gesicht an meinem Nacken, seinen Atem an meinem Ohr.

Er löste den Gürtel, der meine Arme gefangen hielt und drehte mich um. Sobald ich auf meinem Rücken lag, meine Knöchel in der Luft, entfernte er meine Jeans komplett. Sein Schwanz verließ mich in dieser Zeit nicht ein einziges Mal. Als ich endlich sein Gesicht sah, wusste ich, dass sich etwas zwischen uns verändert hatte. Die Härte in seinen Augen war fort, ersetzt durch einen Ausdruck der Sehnsucht und der Offenheit, diese Emotionen zu offenbaren. Er küsste mich, als ich meine Arme um seine Taille schlang. Wir bewegten uns zusammen, die Dringlichkeit in meiner Spalte wurde zu Feuer. Er legte seine Hände auf meine Wangen.

»Sieh mich an.«

Ich nahm ihn auf, alles von ihm. Wir bewegten uns miteinander, sein Schwanz rieb über meine sensiblen, erröteten Lippen, während er seinen Bauch gegen meine Klitoris presste.

»Oh.« Ich hatte keine andere Silbe parat.

»Sieh mich an, wenn du kommst.« Er bewegte sich vor und zurück, zog seinen Schwanz nur soweit aus mir heraus, damit mein wundes Geschlecht die Kombination aus Schmerz und Lust spürte, bevor er wieder in mich stieß.

Ich griff nach seinen Haaren, brachte sein Gesicht zu meinem, als ich meine Beine, soweit es mir möglich war, spreizte. Meine Fotze verwandelte sich in ein Netz mit Murmeln, das auf den Boden fiel, sich öffnete und dann breitete sich dieses Gefühl in mir aus, über den Boden und in jede einzelne Ecke meines Seins. Eiskalt und glühendheiß zur selben Zeit, bis hin zu meinen Zehen, in unkontrollierbaren Wellen. Ich presste mich gegen ihn und schrie, als die Murmeln kehrt machten und überall da landeten, wo sein Schwanz mich berührte. Nirgendwo sonst. Ich konnte nichts anderes mehr wahrnehmen, nichts mehr hören, nicht einmal meine eigenen Schreie, als ich kam, als meine Fotze sich immer und immer wieder um seinen Länge zusammenzog.

Währenddessen wandte ich meinen Blick nicht von ihm ab, aber ich konnte nichts außerhalb der Reichweite meiner Lust wahrnehmen oder ihn durch meine Schreie hindurch hören.

Als ich meine Fassung wieder erlangt hatte, sah ich, dass er sein Gesicht gesenkt hielt, seine Augen waren geschlossen und er sagte: »Ah, nein«, als ich spürte, wie er in mir erbebte.

Ich fühlte mich ihm nah, aufeinander abgestimmt, während wir zusammen atmeten. Irgendwann würde er mir erzählen, was passiert war, als er erst sechzehn war. Er würde mir von Westonwood Acres erzählen und ich hatte mir selbst geschworen, dass, was auch immer es war, mir egal wäre. Wir waren jetzt eins.

»Es tut mir leid, Monica.« Er zog sich aus mir zurück und so wie es sich anfühlte, die Menge an Flüssigkeit, die folgte, wusste ich, dass wir ein Problem hatten.

»Du hast kein Kondom benutzt?«

»Ich wollte eins überrollen, aber als du mich gefragt hast, dich umzudrehen, dachte ich, dass ich noch eine Minute hätte. Aber du bist gekommen und dann - «

»Heilige Mutter Gottes.«

»Wir werden damit klarkommen, was auch immer passieren sollte.«

»Es geht hier doch nicht darum, dass du mir und einem Baby einen sorgenfreien Lebensstil ermöglichst, Jonathan.« Mir war nach schreien zumute. Dieser Moment zwischen uns war so kurz gewesen, bevor er bereits wieder zerstört worden war. Ich fühlte bereits die Entzugserscheinungen. »Mit wie vielen Frauen bist du zusammen gewesen?«

Er streckte seine Arme und entfernte sich damit noch weiter von mir. »Ich bin immer vorsichtig.«

»Und wie soll mir das dabei helfen, nachts beruhigt einzuschlafen?«

»Monica...«

Ich schob ihn von mir runter, rannte ins Badezimmer und schloss mich darin ein. Allein. Endlich. Jetzt konnte ich mir überlegen, was ich als nächstes tun sollte. Verrückt. All das hier war verrückt. Ich drehte die Dusche an, lehnte mich gegen die Tür und rutschte auf den Boden runter.

Ich hatte etwas mit einem frauenvernichtenden Bastard, die gerade einmal vor fünfzehn Minuten über seine Frau weggekommen war, der mich gerade gespankt hatte, weil er der Meinung war, dass ich unterwürfig war und auf Ballknebelspielchen stand und der Zeit in einer Nervenheilanstalt verbracht hatte. Hatte ich meinen verfluchten Verstand verloren? Sogar Kevin war emotional stabiler.

Ich zog mein T-Shirt über den Kopf, entfernte den BH und stieg in die Dusche. Ich hatte mir über den Diamanten Sorgen gemacht. Das Ding ging mir ja mal so am Arsch vorbei. Das Teil würde wieder in der Box landen und dann auf dem schnellsten Weg an den Absender zurückgehen. Ich konnte es nicht persönlich abgeben. Ich konnte meinen Knien nicht schon wieder erlauben, dass sie für diesen kontrollierenden, unverantwortlichen, manipulativen Scheißkerl schwach werden.

Ich sah vor meinem inneren Auge eine Vision von ihm, als wir uns das zweite Mal im Club gesehen hatten, als ich wegen Jessica besorgt gewesen war. Ich sah ihn aufrechtstehend und hochgewachsen in seinem Anzug und seiner Krawatte, seine rötlichen Haare mit den Fingern zurückgekämmt und diesem Anflug eines Lächelns, als er mich erspäht hatte. Ich war mir sicher, dass das Lächeln, das ich in diesem Moment in meinem Herzen gespürt hatte, zehn Mal größer war, als das in meinem Gesicht.

Ich drehte das Wasser auf heiß, wusch mich zwischen meinen Beinen, als würde das auch nur im Geringsten helfen. Aber ich musste ihn aus mir entfernen. Seinen Geruch, den Geschmack, jede einzelne Zelle von ihm musste weg. Natürlich bestand das Problem darin, dass ich nichts Festes mit ihm hatte. Wir gingen nicht miteinander aus. Aber genauso wenig fickte ich ihn auf eine zwanglose Art und Weise.

Ich war drauf und dran, mich in ihn zu verlieben.

Und als ich dies realisierte, fühlte ich, wie ein friedliches Gefühl von mir Besitz nahm, da ich nun wusste, mit was ich es hier zu tun hatte. Es gab nur zwei Möglichkeiten. Bleib bei ihm, liebe ihn und bewältige mögliche Konsequenzen oder beende diese Vereinbarung auf eine Weise, die wirklich ein endgültiges Ende nach sich ziehen würde.

Als ich aus dem Badezimmer lief, hatte ich noch keine Entscheidung getroffen.

Jonathan, allerdings, war fort.

zwanzig

Ich saß in der Echo Park Familienklinik und checkte mein Handy. Ich tippte auf die Buchstaben und überlegte, ihm eine Nachricht zu schreiben, aber da ich nicht genau wusste, was ich eigentlich von ihm wollte, wie könnte ich ihm dann mit Respektlosigkeit gegenübertreten, in dem ich eine Nachricht verfasste? Und ohne bisher von ihm gehört zu haben, war er vielleicht sogar dabei, mir meine Entscheidung abzunehmen.

Darren schrieb mir:

– Räumen wir heute
Gabbys Zimmer aus? –

In letzter Zeit diskutierten wir nur noch wichtige Dinge miteinander. Ich dachte, dass das für eine Weile schon in Ordnung wäre. Irgendwann müssten wir uns allerdings über das, was geschehen war, unterhalten.

– Können wir das auf
das Ende dieser Woche legen? –

– ok –

> – *Übrigens habe ich meine
> Stimme wieder zurück.* –

– gut –

> – *Ich will eine Klavierbegleitung
> von Gabby benutzen. Ich werde sie
> natürlich namentlich als Autor
> erwähnen, damit die Tantiemen
> auf euer Vermögen übergehen.* –

Danach gab es eine lange Pause, dann:

*– Du bist eine gute und
ehrliche Person mit einem
unglaublichen rechten Haken. –*

»Monica Faulkner«, rief die Frau hispanischer Abstammung, die hinter dem Schreibtisch saß. Sie trug pinke Krankenhauskleidung und Schlappen. Ich lief nach vorne, während sie ein Dokument in dreifacher Ausfertigung aus einer Folie nahm. »Okay, Sie haben eine Dosis Postinor für den Notfall nach ungeschütztem Geschlechtsverkehr und die Dreimonatsspritze gespritzt bekommen. Unterzeichnen Sie hier. Hat Ihnen der Arzt einen Termin gesagt, an dem sie wiederkommen müssen, um den Vorgang zu wiederholen?«
»Yeah.«
»Noch irgendwelche Fragen?«
»Ich weiß nicht, ob es der Kerl auch wert ist.«
»Das sind sie nie, *mija*. Keiner von ihnen.«

einundzwanzig

Wir woben Worte unter Eis-am-Stiel-Bäumen,
Die Decke zum Himmel geöffnet,
Und du willst mich besitzen
Mit deiner verhängnisvollen Anmut und charmanten Worten.
Alles, was ich besitze, ist eine Handvoll Sterne
Angebunden an ein Netz mit Murmeln, das sich umkehrt

Wirst du mich Hure nennen?
Mich zerstören,
Mir sagen, dass ich den Boden lecken soll,
Mich völlig aus der Fassung bringen,
Mich zu einem Tier werden lassen?
Werde ich nur noch ein Behältnis für dich sein?

Schlitze unsere Lügenbox auf
Durch eine niedrige Türöffnung für unser
Können und Sollen.
Wähle die Dinge, dich ich nicht brauche,
Keine leichtsinnigen Momente, keine Geheimnisse.

Und du brauchst nichts.
Meine Fähigkeit mich zu verbiegen, wird uns nicht nähren.
Werde ich dich jemals besitzen?
Dich fesseln?
Werde ich dir jemals ein Halsband umlegen dürfen?
Dich verletzen,
Dich halten und dich besitzen?
Wirst du jemals ein Behältnis für mich sein?

» Das«, sagte Jerry, während er auf der anderen Seite der Scheibe stand, »ist genau, wovon ich gesprochen habe. Das ist ein Song.«

»Danke«, sagte ich in das Mikro, als ich meine Kopfhörer abgenommen hatte. Zuerst hatte ich die Klavierversion eingespielt, um mich für ein Tempo zu entscheiden, dann sang ich darüber hinweg, während ich zuhörte, wie es klang. »Ich würde den zweiten Refrain gerne noch einmal probieren.«

»Kannst du gerne tun, oder du spielst das Theremin ein. Wir haben nicht mehr viel Zeit.«

Meine kleine elektromagnetische Box stand in der Ecke. Der zweite Refrain musste wohl so bleiben, wie er war. Ich musste etwas mit einem Instrument einspielen, das ich nicht anfassen durfte oder das gesamte Lied würde nicht funktionieren. Der Songtext war ein Zusammenschluss all meiner Ängste, aber es musste auch einen Teil in dem Stück geben, das beruhigend war und einem ein wohliges Gefühl gab. Weniger als das wäre unfair gewesen.

Jerry wusste nicht, dass ich für das Theremin nichts komponiert hatte. Ich erzählte mir selbst, dass ich einfach keine Zeit gehabt hatte, aber die Wahrheit war, dass ich nicht wusste, was genau ich aus diesem Teil herausholen wollte. Die Klänge, die aus diesem Ding rauskamen, waren das totale Gegenteil zu Gabbys verführerischer Komposition und die zwei Dinge zusammen harmonierten eigentlich nicht miteinander.

Ich stand davor, horchte durch die Kopfhörer, wie meine Stimme und das Klavier zusammen klangen und streckte meine

Finger dann in die Richtung des Instruments aus. Meine Hand trat in das elektromagnetische Feld ein und erzeugte eine Note. Dann nahm ich die andere Hand dazu und führte sie zwischen die Metallpole, streichelte die Musik, berührte nichts und ließ die Vibration durch das Fehlen der Körperlichkeit entstehen. Der Tanz der Hände war ein sinnliches Schauspiel, als würde ich einen imaginären Mann berühren, der mir in einer Zeit zu nah gekommen war, als ich mich verletzlich gefühlt hatte, der mich berührt hatte, als ich verzweifelt war und der den Fehler begangen hatte, sich um mich zu kümmern, als ich ihn darum gebeten hatte. Für diese Sünden und den Fehler, ihm erlaubt zu haben, meine Haut mit seiner auf diese gefährliche Art und Weise zu berühren, hatte ich ihn ausgeschlossen.

»Kann ich nochmal anfangen?«, fragte ich Jerry, der im Kontrollraum an den Knöpfen herumfummelte.

»Jep.«

Dann spielte ich das Teil mit all meiner Wut und dem Bedauern, schnellte meine Finger durch die Luft, um Noten der Entschuldigung in Verbindung mit Sehnsucht und Trauer zu kreieren.

zweiundzwanzig

Ich kam vom Studio zurück und fühlte mich, als hätte ich gerade vor einer Menschenmenge in einem Stadion gespielt. Jerry würde in den nächsten Tagen das ganze Teil neu mischen und dann mit mir durchgehen. Bis dahin würde ich mich fühlen, als wäre ich auf Droge. Ich müsste mich duschen, bevor ich mich mit Darren und Kevin treffen würde, um über die Idee für Vancouver zu reden.

Ein Fiat war vor dem Haus geparkt. Ich identifizierte es als das Auto, das in der zweiten Nacht, die ich mit Jonathan verbracht hatte, in der Einfahrt gestanden hatte. Auf meiner Veranda stand seine Assistentin in all ihrem blonden Missmut.

»Hi«, sagte ich. »Ich glaube nicht, dass wir schon einmal vorgestellt worden.«

»Kristin.« Sie schüttelte nicht meine Hand und lächelte auch nicht, überreichte mir einfach nur einen Umschlag. »Mir ist gesagt worden, dass ich warten soll, bis Sie es gelesen haben.«

Ich riss ihn auf. Darin befand sich ein Schriftstück von dem Trend Laboratorien. In die rechte obere Ecke hatte Jonathan, *Schlaf gut*, gekritzelt.

Unter dem Briefkopf stand das Wort TESTRESULTAT geschrieben. Eine kleinere Schriftgröße war für die Worte darunter benutzt worden. Viele davon schienen durcheinander gewürfelt zu sein oder nur aus Konsonanten zu bestehen, alle davon mit zwei kleinen Kästchen zum Ankreuzen. Positiv oder negativ. Die ganzen Kästchen unter dem Wort negativ waren angekreuzt. Ich checkte das Kästchen neben HIV zweimal und atmete erleichtert aus, als ich auch da ein Negativ sah.

»Wollen Sie kurz reinkommen?«, fragte ich.

»Ich bin schon spät dran.«

»Kann ich Ihnen etwas geben, um es ihm zu übergeben?«

»Sicher.« Auch wenn das Wort an sich andeutete, dass es ihr ein Vergnügen war, Jonathan eine Notiz zu überreichen und auch wenn ihr Ton professionell klang, erzählten ihre Körperhaltung und ihr eiskalter Gesichtsausdruck eine ganz andere Geschichte. Sie war wahrscheinlich eine Harvard Masterabsolventin, die jetzt Nachrichten zwischen ihrem Boss und seiner Mätresse umhertragen musste.

Ich schloss die Tür zum Haus auf. »Nur eine Sekunde.«

Ich hatte eine Box mit mehreren Quittungen und wühlte, bis ich zu der von der Echo Park Familienklinik kam. Ich umkreiste die Verschreibung mit der Pille-Danach und schrieb, *Du auch*, in die obere rechte Ecke. Ich stopfte diese dann in den Umschlag, ging nach draußen und überreichte ihn ihr wieder. Ich wusste, was ich tun wollte.

Er hatte sich nicht bei mir gemeldet, seitdem er mich in dem Hotelzimmer Pink gespankt hatte. Ich wusste, dass er mir Freiraum gab, mir den Druck von den Schultern nehmen wollte. Er hatte eine Kardinalregel gebrochen, als er ohne ein Kondom in mich eingedrungen war, aber ich war nicht so naiv, dass ich dachte, dass es nicht auch meine Verantwortung wäre, uns zu schützen. Ich hätte nachsehen können. Ich hätte gewissenhafter sein können. Als sich sein Schwanz so gut angefüllt hatte, hätte ich es wissen müssen. Es war ja schließlich nicht so, dass ich noch nie zuvor einen unverpackten Schwanz in mir gefühlt hatte.

Ich hielt mein Handy in der Hand, fühlte das Gewicht in meiner Handfläche. Ich könnte ihn anrufen. Ich könnte meine Hand nach ihm ausstrecken, einen Schritt in seine Richtung machen und dann könnten wir die Sache mit dem Fesseln und der Reitgerte diskutieren. Oder die Sache, wo er meinen Mund aufgespreizt halten würde, damit er ihn ficken könnte. Oder er mich mit seinen Freunden teilen würde. Wie weit würde das gehen? Wie tief saß die Perversion? Ich hatte keine Ahnung. Ich hatte ihn schließlich recht schnell abgewürgt.

Ich steckte das Handy weg und entschied mich dazu, eine Stunde auszuharren. Ich wollte, dass er diese Quittung in den Händen hielt, bevor ich ihn anrief.

dreiundzwanzig

»Warum sollte der Raum eingegrenzt sein?«, fragte Darren. »Platz ist sichtbar und das ist dein Problem. Zeit ist hörbar und das machen Monica und ich zwischen uns aus.

»Das wird eine Präsentation menschlicher Einschränkung«, sagte Kevin, seine Körperhaltung verdreht wie eine Sprungfeder, nach vorne gelehnt und wie immer, war er voll im Thema. »Wir haben in der Realität keinen Einfluss auf Raum und Zeit, und jede Kontrolle, die wir erzwingen, ist, naturgemäß, falsch.«

»Also werden Monica und ich den Raum diktieren und du das Tempo. Damit arbeiten wir.«

Ich lehnte mich zurück, Arme verschränkt, Beine ausgestreckt und Knöchel übereinander gelegt. Ich hatte nichts hinzuzufügen. Die beiden waren in einem epischen, intellektuellen -*Wer pisst am Weitesten* - Wettkampf. Nichts davon, was sie sagten, war von Bedeutung und es widersprach sich mit der ursprünglichen Idee, nämlich: Entferne das Intelektuelle von dem Emotionalen. Aber sie hatten in der Minute damit angefangen, in der wir ins Hoi Poloi Hog, auch bekannt als HPH, gelaufen waren.

Die Möbel waren gefundene Objekte, die von Straßenecken und Trödelmärkten gerettet worden waren. Das schloss die Beleuchtung mit ein. Die Steckdosen, die mit Glühbirnen bestückt waren, waren anscheinend so entworfen worden, damit sie so wenig Licht, wie möglich abwarfen. Der sonnenlose, dunkelblaue Himmel an diesem Oktoberabend half mit der Beleuchtungssituation auch wenig. Er wandelte die Gesichtsfarbe meiner Mitstreiter in ein dunkles Bronze.

Auch ging die Ironie nicht spurlos an mir vorbei, dass ich hier gerade mit zwei von den drei Männern saß, mit denen ich bereits meinen Körper geteilt hatte, aber das wurde Gott sei Dank nicht diskutiert. Kunst wurde diskutiert.

»Braucht einer von euch beiden einen neuen Kaffee?«, fragte ich. Beide tranken gerade ihren zweiten Espresso.

»Ich geh«, sagte Darren. »Ihr beiden habt bereits die zwei Runden davor bezahlt.« Er stand auf und ging zur Bar.

Kevin schwieg für eine Weile, so wie ich auch. Er würde gleich anfangen, solange ich nicht versuchen würde, die Stille zu füllen.

»Brauchst du unbedingt einen Partner dafür?«, fragte er. »Ich habe nämlich nicht nach einem Team gefragt.«

»Du hättest so oder so mit drei Leuten klarkommen müssen, wenn Gabby sich nicht dazu entschieden hätte, nach einer Überdosierung schwimmen zu gehen.«

»Meinst du nicht, dass das unter die Gürtellinie ging?«

Ich war an der Reihe mich vorzulehnen. »Ich arbeite nicht gut allein. Das weißt du. Ich fabriziere meine beste Arbeit, wenn ich mit anderen Leuten zusammen arbeite.«

»Darüber musst du hinwegkommen.«

»Du fühlst dich doch nicht bedroht, oder?«

Er lehnte sich in seinem Sitz zurück und sah aus, als würde er an einer Zitronenschale rumnagen. »Du magst es nicht, herausgefordert zu werden, Tweety.«

Mein Handy machte ein dumpfes Geräusch und ich warf einen Blick darauf. Jonathan.

– Heilige Scheiße, die Echo Park Familienklinik? Ist das dein Ernst? –

— Problem damit? —

*— Das aufzuzählen, würde
Stunden in Anspruch nehmen —*

Ich überlegte, was ich ihm darauf antworten könnte, als sich das Handy wieder meldete.

*— Können wir damit
aufhören und stattdessen
telefonieren, bevor ich noch
einen Unfall habe? —*

Ich hatte im Hinblick auf das Wort »Unfall« einen Klugscheißer am Start und wahrscheinlich auch ein Problem mit unkontrollierbarer Fleischeslust, das ich mir in der Echo Park Familienklinik für weniger Geld hätte behandeln lassen können. Ich behielt diesen Gedanken für mich. »Ich bin gleich wieder zurück«, sagte ich zu Kevin, ohne auf seinen fragenden Blick zu antworten, als ich mein Handy mit nach draußen nahm.

Die Straße war voll von Leuten, die mit ihren Hunden Gassi gingen, an ihrem Handy hangen, sich küssten oder lachten. Der Verkehr war laut und ich musste mir ein Ohr zu drücken, als er abnahm.

»Hi«, sagte ich.

»Nachdem du dort rausgelaufen bist, hattest du wahrscheinlich mehr Krankheiten am Leib als vor dem Besuch in dieser Klinik.«

»Du bist so ein Snob.«

»Snobismus ist eine Art der Abwehr gegen eine niedrigerstehende, soziale Gesellschaftsschicht. *Ego sum forsit.*«

»Ich kann einfach nicht glauben, dass du das gerade tatsächlich gesagt hast. Sogar ohne den lateinischen Part.«

»Den ich wirklich verkackt habe. Weil ich nämlich glaube, dass ich alles mit dir verkackt habe.«

Ich ließ die Stille zwischen uns für einen Moment hängen und holte meine Erinnerungen hervor, wie er sich bewegte, wie er sprach, sein Geruch, sein Atem. Dann dachte ich an Carlos' geschwärzte Papiere von der Heilanstalt, an die Ex-Frau, die er vielleicht noch immer liebte, an die Frau in San Francisco und natürlich an die Sub-Geschichte.

Ich atmete tief ein, bevor ich die Stille unterbrach. »Wir reden beide um das eigentliche Thema herum.«

Wenn es einen Weg geben würde, um das Lächeln am anderen Ende zu hören, dann würde dieses Geräusch im Moment dazu führen, dass ich meinen Hörsinn verlieren würde. »Ich werde um zehn rum zu Hause sein, es sei denn, du willst, dass ich zu dir komme.«

Es war mir gar nicht in den Sinn gekommen, Zeit in meinem Haus zu verbringen. Die Idee war verlockend, abgesehen von Gabbys Zimmer und Carlos' Mappe, die einen gewaltigen Lärm machte, dafür dass es sich um ein lebloses Objekt handelte.

»Zehn Uhr klingt gut.«

Er atmete. War das ein Seufzer? »Ich freue mich darauf.«

Ich ging wieder rein, um den anderen beiden großartigen Ficks in meinem Leben dabei zuzuhören, wie sie über emotionale Dialektik sprachen.

vierundzwanzig

Ich kam dort 21:45 Uhr endlich raus, mein Kopf angefüllt mit mehrsilbigen Wörtern, aber eine Lösung hatten wir nicht herausarbeiten können. Die Jungs waren noch immer damit beschäftigt, darüber zu reden, was dieses Projekt im Ganzen für Auswirkungen haben könnte und schienen die gegenseitige Gesellschaft, nach jedem weiteren Espresso, mehr zu genießen. Als ich in den Honda stieg, entschied ich, für den Fall, dass die beiden miteinander schlafen würden, dass ich dann sofort eine Lesbe werden würde. Allerdings verwarf ich diesen Gedanken sofort wieder.

Jonathans Tor stand offen, wie ein Mund, der bereit war, mich mit Haut und Haaren zu verschlingen. Ich parkte in seiner Einfahrt und drehte den Schlüssel, saß dort für eine Weile und beobachtete die Bougainvillea Kletterpflanze, wie sie sich im Wind wog. Der gelbe Notizblock, mit dem ich gearbeitet hatte, schaute aus meiner Tasche heraus. Ich hatte einige Blätter während meiner Unterhaltung mit Kevin und Darren beschriftet, aber die Seite über meine Ängste, sobald es um Jonathan ging, war noch da.

Was wenn er mir ein Halsband anlegt? Mich schlägt? Mich spankt? Mich beißt? Mir in den Arsch fickt? Mich auspeitscht? Mich verletzt? Mich ausstellt? Mich knebelt? Mir die Augen verbindet? Mich mit anderen teilt? Mich bloßstellt? Mich fesselt? Mich zum bluten bringt? Mich emotional verkorkst? Meinen Mund aufspreizt. An meinen Haaren zieht. Meinen Mund fickt. Mich eine Hure nennt. Mir sagt, dass ich den Boden lecken soll. Mich zerstört. Dafür sorgt, dass ich mich selbst hasse. Mich zu einem Tier werden lässt.

Ich durchsuchte meine Tasche und fand einen Bleistift. Ich legte den Block gegen das Lenkrad und strich einige Dinge durch. Die Liste war wahrscheinlich ohnehin unvollständig, aber es wäre ein Anfang.

Was wenn er mir ~~ein Halsband anlegt?~~ ~~Mich schlägt?~~ Mich spankt? Mich beißt? Mir in den Arsch fickt? ~~Mich auspeitscht?~~ Mich verletzt? ~~Mich ausstellt? Mich knebelt?~~ Mir die Augen verbindet? ~~Mich mit anderen teilt? Mich bloßstellt?~~ Mich fesselt? ~~Mich zum bluten bringt? Mich emotional verkorkst? Meinen Mund aufspreizt.~~ An meinen Haaren zieht. Meinen Mund fickt. ~~Mich eine Hure nennt. Mir sagt, dass ich den Boden lecken soll.~~ Mich zerstört. ~~Dafür sorgt, dass ich mich selbst hasse. Mich zu einem Tier werden lässt.~~

Die übrigen Dinge ließen für ihn nicht mehr viel Spielraum übrig, aber für mich waren die Punkte, die ich rausgestrichen hatte, nicht verhandelbar. Die Eingangstür öffnete sich und dies sorgte dafür, dass ein helleres Licht über meinen Block flutete. Jonathan kam raus und ging bis zur Schwelle der Veranda. Ich schnappte meinen Notizblock und stieg aus dem Auto aus.

Er stützte sich auf dem Geländer ab. »Ich habe schon gedacht, dass du da drin in Ohnmacht fallen würdest.« Seine Hand umgriff das Geländer und im Licht erwachte einfach jede seiner Venen, jeder Knochen, jede Haarsträhne zum Leben, genauso wie ich ihn mir über meinem Körper vorstellte.

»Es geht mir gut.« Ich ging die Treppen zu der Terrasse nach oben, so wie ich es auch schon zweimal zuvor getan hatte. Dieses Mal war ich allerdings verhaltener als beim ersten Mal und noch erregter als beim zweiten Mal. Er stellte sich im Türrahmen seitwärts hin und wartete darauf, dass ich an ihm vorbeilaufen würde. Das tat ich aber nicht.

»Kommst du nicht rein?«, fragte er.

»Ich würde gerne zuerst etwas sagen.«

Er lehnte sich gegen den Türrahmen. »Okay.«

Ich hatte Worte. Ich hatte eine ganze Menge an Worten, aber sie rannten alle durcheinander und ergaben keinen Sinn. Ich gab ihm meinen Block. Er sah mich kurz an, dann auf mein Geschriebenes. Ich hatte mich vor ihm noch nie so nackt gefühlt, sogar jetzt, wo ich vollständig mit einer Hose und einem langärmligen Top bekleidet war. Er sah auf meine Grenzen. Ich konnte mir nichts vorstellen, das noch intimer sein könnte. Mein ganzer Körper kribbelte, Hitze kroch über meine Brust und meine Wangen, als er mich wieder ansah.

»Du hast vergessen Analsex rauszustreichen.«

»Ich habe es einmal versucht. Hab's nicht gemocht. Wenn du darin besser bist, dann darfst du dich gerne nochmal daran machen, die Nuss zu knacken.« Ich pausierte kurz. »Das Wortspiel war nicht beabsichtigt.«

Er zog seine Lippen zwischen seine Zähne. Ich zwinkerte zweimal nacheinander. Weiter kamen wir allerdings nicht, bevor wir loslachen mussten. Der Witz war furchtbar gewesen, aber er hatte Druck abgelassen und damit einen Schenkelklopfer in einen Lachanfall verwandelt. Er versuchte erneut einen Blick auf die Liste zu werfen, aber fing wieder an zu lachen, was dazu führte, dass auch ich nicht aufhören konnte und wir uns beide Tränen von den Augen wischen mussten, bevor er schließlich seine Hand nach mir ausstreckte. Ich legte meine Hand in seine.

»Deine Liste ist gut«, sagte er.

»Wirklich? Es scheint so, als hätte ich nicht viel übrig gelassen.«

»Monica, wir sollten Spaß dabei haben. Wenn wir keinen Spaß dabei haben, dann machen wir etwas falsch.« Er sah auf unsere verwobenen Hände herunter und sprach dann in einem wärmeren Ton. »Den einen Tag habe ich alles auf die schreckliste Art und Weise ausgedrückt. Ich mag es, eine Szene zu spielen und ich weiß, wie man es sicher praktiziert, aber ich habe daraus noch keinen Lifestyle gemacht. Ich bin nicht umher stolziert und habe nach einer Sub gesucht. Auch gibt es keine Haken an meinen Decken.«

»Also kein Kerker?«

»Die Historische Gesellschaft würde es nicht erlauben«, witzelte er.

»Oh ich bitte dich, du könntest die Historische Gesellschaft von L.A. kaufen und wieder verkaufen.«

Ich legte meinen Kopf in den Nacken und er verstand das Signal richtig. Er küsste mich, schlang seine Arme um meine Schultern und zog mich an sich. »Jessica war die letzte Person, die mir genug bedeutet hat, um dieses Thema mit ihr zu diskutieren und es hat nicht gut geendet. Nichts mit ihr hat ein gutes Ende gefunden. Ich hatte Angst, dass du wegrennen würdest.«

»Und das bin ich.«

»Verdammt das bist du. Ich war wirklich bestürzt.«

»Du hast nicht bestürzt gewirkt.«

»Ich habe ein reichhaltig bestücktes Innenleben und da wird es auch bleiben.«

»Wirklich? Niemand kommt da rein?«, ich ließ meine Arme um seine Taille gleiten.

»Kannst du damit leben?« Er legte seine Hände auf meine Wangen und küsste mich. Seine Bartstoppeln kratzten über mein Gesicht, ein rauer Kontrapunkt zu der Weichheit seiner Lippen und der Feuchtigkeit seiner Zunge.

»Nein. Nicht für lang.«

»Davon wäre ich gerne Zeuge.« Er küsste mich ernsthaft, presste seinen Körper gegen meinen. Er fühlte sich gut an.

Köstlich. Warm und geschmeidig mit seinen Händen auf meinem Rücken und seinem offenen Mund auf meinem.

Ich hätte ihn stundenlang küssen können, aber diesen Luxus hatte ich nicht. Ich behielt meinen Körper gegen ihn gepresst, während ich meinen Mund von seinem löste. »Ich brauche eine Probenacht. Eine Art Probefahrt. Um zu sehen, ob ich Angst bekomme.«

»Buh!« Er wanderte mit seinen Lippen meinen Hals herunter und schob seine Hände unter mein Top.

»Ich meine es ernst.«

»Okay. Du riechst einfach nur so unwiderstehlich. Und außerdem…« Er zog sich weit genug zurück, um in meine Augen sehen zu können. »Ich stecke fest. Alles, was ich mir jemals von dir erhofft habe, hast du mir angeboten, aber ich kann an nichts denken, was ich gerne mit dir machen möchte. Es gibt zu viele Möglichkeiten.«

Ich schob ihn lächelnd von mir weg. »Müsstest du nicht eigentlich in der Tür stehen und mir sagen, dass ich mich ausziehen soll.«

Er lachte und wurde von dem warmen Licht eigerahmt, das aus dem Haus strömte. Er ließ seinen Blick über meinen Körper schweifen. Ich war von dem Treffen direkt hierhergekommen, in engen Jeans, Stiefeln und einem gestrickten, langärmligen Top, das eine verstörende Anzahl von Knöpfen hatte.

»Dieses Outfit ist kugelsicher«, sagte er.

»Sorry.« Ich fing an, die Knöpfe aufzumachen.

»Nein«, sagte er, sein Lächeln eine ansteckende Krankheit, die sich über sein gesamtes Gesicht ausbreitete. »Hör auf. Lass uns von vorne anfangen. Komm die Treppen nochmal hoch.«

Er schlüpfte ins Haus und schloss die Tür hinter sich. Okay. Er wollte noch einmal von vorne anfangen, mit einem klaren Verstand. Ich ging die Terrassentreppen runter und langsam wieder nach oben. Ich klopfte an die Tür, ging einen Schritt zurück und räusperte mich. Es hatte sich wie volle zwei Minuten angefühlt, bevor sich die Tür öffnete. Und da stand er wieder. In demselben Shirt und der Leinenhose, in seinen besockten Füßen, sein Lächeln im Ruhezustand, aber ich konnte es in seinen Mundwinkel erkennen.

»Monica.«

»Jonathan.«

»Es freut mich, dich zu sehen.«

»Und ich freu mich, dich zu sehen.«

»Dreh dich um.«

Meine Atmung beschleunigte sich sofort und ich spürte die Feuchtigkeit zwischen meinen Beinen, als ich ihm meinen Rücken zudrehte.

»Mach deine Hose auf.« Seine Stimme war jetzt eine halbe Oktave tiefer und klang bei den harten Konsonanten abgehackter. Diese Veränderung machte es unmöglich, das Lachen aufrecht zu erhalten.

Ich machte meinen Gürtel auf, knöpfte meine Jeans auf und zog den Reißverschluss runter, bevor ich meine Hände wieder an meine Seite nahm.

»Braves Mädchen.«

Ich fühlte, wie er näher kam. Er steckte seinen Daumen in meinen Hosenbund und zog die Jeans nach unten. Nach zweimal Ziehen, befanden sie sich mittig meiner Schenkel, während mein Höschen noch immer meinen Hintern beschützte.

»Jetzt«, sagte er, als er seine Hand auf meinen Rücken legte, »wenn ich sage, dass du dich von der Hüfte aufwärts nach vorn überbeugen sollst, dann machst du das.«

»Okay.«

»Mach es.«

Ich beugte mich vor, bis meine Nase nur noch wenige Zentimeter von meinen Knien entfernt war. Er legte seine Hand auf meinen Arsch und einen Finger in mein Höschen, schob es darunter, um mich zu erfühlen. Ich keuchte.

»Du bist feucht.«

»Ja.«

»An was hast du gedacht, während du hier draußen gewartet hast?«

»An nichts.«

»Wir werden daran nur Spaß haben, wenn wir ehrlich miteinander sind.« Er schob mein Höschen nach unten und umkreiste meine Öffnung mit seinem Finger. »Also sag es mir.«

Durch meine Knie hindurch, konnte ich seine Beine hinter mir sehen und die offene Eingangstür des Hauses. Ich schloss meine Augen. »Ich habe mir vorgestellt, dass du durch die Tür kommen würdest. Du hast deine Hand in meinen Nacken gelegt und mein Haar gepackt. Du hast mich geküsst. Dann hast du mich nach unten gedrückt, bis ich eine kniende Haltung eingenommen habe. Du hattest deinen Schwanz draußen. Ich weiß nicht wie, aber es ist eine Fantasie, und du hast es sehr schnell fertiggebracht. Und du hast deinen Schwanz gegen meine Lippen gepresst. Ich habe dich in meinem Mund aufgenommen. Du hast sehr laut geseufzt.«

»Und dann?«

»Habe ich nochmal von vorne angefangen. Habe die Fantasie etwas verändert. Vielleicht wurde mal mehr geküsst. Oder ich habe mich nur auf ein Knie runtergelassen und nicht auf beide.«

»Also ging es um den Moment an sich.«

»Genau.«

Er stieß zwei Finger in mich hinein. Ich stöhnte.

»Ein anderes Mal. Vielleicht. Sobald du mir vollkommen vertraust.« Er lehnte sich über mich, fuhr mit seiner Hand über meinen Nacken, meine Schultern und zog mich dann wieder in eine aufrechte Position, ließ mich durch eine einfache Berührung wissen, was er von mir erwartete. Er entfernte seine Finger aus meiner Hitze und griff mit seiner anderen Hand um meinen Körper herum, um mein Kinn zu umfassen. »Öffnen.«

Ich öffnete meinen Mund und er steckte die zwei Finger hinein, die er gerade erst aus meiner Körpermitte entfernt hatte.

»Diesen Geschmack habe ich auf meiner Zunge, wenn ich dich verschlinge.«

Ich saugte an den Fingern, genoss den Geschmack meiner Erregung, der meinen Mund füllte, während meine Zunge an seinen langen Fingern leckte. Seine Erektion presste sich gegen meinen Hintern. Seine andere Hand lag auf meinem Bauch und drückte mich gegen ihn. Er nahm seine Finger aus meinem Mund und legte sie auf meine Wange, auf der er Feuchtigkeit zurückließ.

»Bist du erregt?«, fragte er.

»Ja.«

»Falls ich irgendetwas tun sollte, was daran etwas ändert, lass es mich wissen.«

Ich nickte.

»Das habe ich nicht gehört.«

»Ja.«

»Ja, was?«

Sofort wehrte sich mein Sein gegen die Andeutung, dass ich ihn mit einem Ehrentitel ansprechen sollte, aber gleichzeitig wollte ich den Akt der Unterwerfung verzweifelt abschließen.

»Ja, Sir.«

»Du hast gerade dafür gesorgt, dass mein Herz einen Schlag ausgesetzt hat.«

»Immer zu Ihren Diensten.«

Er streifte das Haar, das meine Ohren bedeckte, zur Seite und sprach sanft. »Deine Knie, Liebling. Dreh dich um und benutze sie.

Ich kämpfte ein wenig mit dem Gleichgewicht, als ich versuchte, mich in meiner halbruntergezogenen Jeans auf meine Knie zu lassen. Er umfasste meinen Ellbogen und war mir behilflich. Als ich auf Augenhöhe mit seinem Schritt kniete, beobachtete ich, wie er seine Hose öffnete und seinen Schwanz zum Vorschein brachte. Ich wollte ihn. Ich wollte ihn leer saugen. Er legte eine Hand auf meinen Hinterkopf und brachte seinen Schwanz an meine Lippen. Ich wartete eine Sekunde, bevor ich meinen Mund öffnete und ihm die komplette Kontrolle übergab.

»Wie du es im Club gemacht hast«, sagte er. »Öffne dich mir komplett.«

Er stieß seine Hüften nach vorne und ich nahm jeden einzelnen Zentimeter in meinen Rachen auf. Ich stöhnte für ihn, vibrierte, konzentrierte mich darauf, offen zu bleiben, akzeptierte, konzentrierte mich auf sein Vergnügen, das mein eigenes anheizte. Es dauerte nicht lange, bevor seine Stöße weniger behutsam wurden, stattdessen kamen sie jetzt unberechenbar.

»Gott, Monica. Mach dich bereit…« Er stöhnte laut und die klebrige Flüssigkeit seines Samens füllte meinen Mund und meine Kehle. Er verlangsamte seine Bewegungen, kam aber noch immer.

Ich konnte meine Lippen nicht schließen, also tropften seine Säfte aus meinem Mund heraus. Er stieß zweimal mehr zu, bevor er herausfiel. Ich sah zu ihm auf, als er über meine Haare streichelte.

»Vielen Dank.«

»Es war mir ein Vergnügen, Sir.«

Er holte eins dieser kostbaren Taschentücher heraus und wischte damit über meinen Mund. Es fühlte sich seidenweich und warm an. »Du veränderst dich, wenn du mich ›Sir‹ nennst«, sagte er, als er mir auf die Füße half.

»Es turnt mich an.«

»Es ist nur für die Momente, in denen wir auf diese Art und Weise zusammen sind.«

Ich nickte. Er zog mich an meiner Hüfte zu sich und küsste mich hart und tief. Ich wusste nicht, ob ich meine Arme um ihn legen sollte, also ließ ich sie an meiner Seite hängen, bis er sie auf seine Schultern hob und ich ihn vollständig umarmen konnte.

»Du bist zugleich die beste und schlechteste Sub, die ich jemals kennengelernt habe.«

»Und du bist der einzige Dom, den ich jemals kennengelernt habe.«

»Ich will dein letzter sein. Ich will dich für alle anderen Männer ruinieren.«

»Dann solltest du den Stier wohl bei den Hörnern packen, Drazen.«

»Sir.«

»Drazen, Sir.«

Er grinste. »Lass deine Kleidung auf der Terrasse. Dann geh nach oben. Es ist nur eine Tür offen.«

Er beobachtete mich, als ich meine Stiefel auszog, aus meiner Jeans schlüpfte und dann mein Top aufknöpfte. Ich machte es nicht auf eine laszive Art und Weise, sondern benutzte regelrecht die praktischsten Bewegungen, um die Aufgabe in die Tat umzusetzen. Als ich von Kopf bis Fuß nackt war, trat er zur Seite, damit ich an ihm vorbei konnte. Er nahm meine Hand und ich stieg vor ihm die Treppen hoch.

Mein Herz schlug wie wild, ich konnte kaum atmen. Die Sache auf der Terrasse war ein Appetizer gewesen. Sobald wir oben ankommen würden, würde ich vollkommen ihm gehören. Ich konnte das. Das musste ich einfach. Mein tropfendes, pulsierendes Geschlecht verlangte danach. Meine harten Nippel bestanden darauf. Meine samenbedeckte Kehle forderte es.

Ich fühlte seine Augen auf meinem Arsch, als ich auf dem obersten Absatz der Treppen ankam. Alle Türen in dem Korridor waren geschlossen, abgesehen von einer und es war nicht die Tür, vor der ich bereits zweimal gestanden hatte.

»Geh weiter«, sagte er.

Ich ging durch die offene Tür. Der Unterschied zwischen den beiden Schlafzimmern, in denen ich bereits gewesen war, zeigte sich nicht nur in der Größe, auch wenn das neue doppelt so groß war. Der Raum war vollendet, hier drin wurde gelebt. Er war voller persönlicher Gegenstände und angefüllt mit Fotografien. Der Läufer war an den Stellen abgetreten, wo ein Mann frühs und abends wahrscheinlich seine Füße abstellen würde. Der Nachttisch auf der einen Seite war mit Büchern, einem halbleeren Glas Wasser und einer Box mit Taschentüchern bestückt.

»Das ist dein Zimmer.«

»Das ist richtig, Liebling.« Er strich mit seinen Fingerspitzen meine Arme entlang. »Leg dich aufs Bett. Auf deinen Rücken, bitte.«

Das Bett war höher als das andere. Ich krabbelte rauf und rollte mich dann auf meinen Rücken. Die Decke unter mir fühlte sich kühl an, aber das Bett war weich wie eine Feder.

Jonathan legte seine Hand zwischen meine Knie und spreizte sie auseinander, hob sie hoch und drückte sie nach hinten, bis meine Fersen meinen Hintern berührten. Ich stöhnte bei der Berührung und dem simplen Akt des Gehorchens.

»Bleib so«, sagte er. Er zog sich aus, warf seine Sachen auf einen Ledersessel, während ich auf dem Bett lag, Fotze und Arsch freigelegt. Ich beobachtete, wie sich sein Bizeps anspannte und wieder entspannte, als er sein Shirt auszog. Sein Schwanz sprang aus seiner Hose. Nackt schob er sich über mich und küsste meine Brüste, dann den Diamant in meinem Bauchnabel. Ich legte meine Hände auf seinen Kopf, versuchte ihn nach unten zu drücken, aber er würde sich nicht von mir bewegen lassen.

»Also, diese Verschreibung von der Klinik?« fing er an.

»Ja?«

»Wann würde diese Sache mit der Verhütung denn anfangen zu wirken?«, fragte er, während er sein Gesicht nah an meins brachte.

»Wenn man bedenkt, wann ich das letzte Mal meine Periode hatte…ähmmmm…Ich muss darüber kurz nachdenken, denn der Arzt hat gesagt, dass dies wirklich sehr wichtig sei.« Ich tat so, als würde ich etwas an meinen Fingern abzählen und tippte dann an meine Wange, als wäre ich tief in Gedanken versunken, während ich meine Augen in Konzentration verdrehte.

»Monica, bitte.« Er machte einen auf genervt, lächelte aber.

»Sofort.«

Er vergrub sein Gesicht an meinem Nacken. »Und ich bin gesund. Was denkst du?«

»Du bist der Boss.«

»Darüber sollten wir uns wohl besser einig sein.«

Ich berührte sein Gesicht. Er hatte mich bereits für andere Männer ruiniert. »Ja«, sagte ich. »Ich will dich spüren.«

»Du hast es geschafft, mich zweimal in einer Nacht zu überwältigen.«

»Erstarre aber nicht in der ersten Nacht meiner Unterwerfung.«

Er streckte seine Arme durch und schwebte mit seinem Körper über meinem. »Was ist denn mit der Monica passiert, die ausgeflippt ist?«

»Sie hat sich in die erregte Monica verwandelt.«

Er bewegte sich auf die Seite und setzte sich auf. »Na dann dreh dich auf deinen Bauch, erregte Monica.«

Ich drehte mich um und stützte mich auf meine Ellbogen ab. Er platzierte seine Hand auf meinen Rücken, strich damit über meine Schulterblätter und die Kurve meiner Wirbelsäule, nur um dann auf meinem Arsch zu landen, den er knetete, bevor er sich hinter mich stellte.

»Okay, ich werde dir etwas zeigen.« Er hob meinen Hintern von der Matratze hoch. »Knicke deine Knie unter dir ein.«

Das tat ich. Eine Hälfte meines Gesichtes lag gegen die Decke gedrückt, während ich beobachtete, wie er mich berührte und meinen Körper auf eine Weise ausrichtete, die er für notwendig erachtete.

»Jetzt heb deinen Hintern an. Weiter.«

Ich folgte seinen Worten, brachte meine Knie in einen rechten Winkel.

»Höher.« Er gab mir einen Klaps auf den Arsch, der mich zum Stöhnen brachte, dann bewegte er seine Hand wieder über meinen Rücken, als ob er nach der richtigen Kurve suchte. »Bring deine Hände unter deinen Körper, zwischen deine Knie.«

Ich wackelte, um sie an besagte Stelle zu bewegen. »Berühre deine Knöchel.«

»So?«

»Genau so.«

Er berührte mich überall und es fühlte sich an, als wäre ich sein Meisterstück, sein lebendes Kunstwerk, mit meinem Hintern in der Luft, so weit oben und ausgestreckt, dass ich mir fast sicher war, dass meine Fotze dem Raum salutierte.

»Physikalisch«, sagte er, »fühlst du dich wohl?«

»Nein, nicht wirklich.«

»Und emotional?«

»Angst habe ich keine, aber ich fühle mich ausgestellt.«

Er platzierte einen Kuss auf meinen Hintern, benutzte seine Zunge, um über meine Pobacken zu gleiten. Meine Fotze zuckte in freudiger Erwartung. Aber er stand auf. Ich hörte, wie Kleidung hinter mir bewegt wurde und seine Bewegungen, aber ich sah nicht nach. Als er schließlich wieder in mein Sichtfeld trat, trug er eine Jogginghose.

»Bleib hier«, sagte er. »Beweg dich nicht.«

»Wohin gehst du?«

»Du bist nicht in der Position, Fragen zu stellen. Du wartest.«

Und er ließ mich zurück, Hintern ausgestreckt und mit der offenen Schlafzimmertür in meinem Rücken. Ich hatte keine Angst, aber das sollte ich. Mein Hintern prickelte. War er auf der Suche nach etwas, mit dem er mich spanken könnte? Irgendeinen stabilen Gurt? Handschellen? Haken? Ja, ich dachte, dass ich entsetzliche Angst haben sollte, aber an alles, was ich denken konnte, war, wie sehr ich ihn wieder bei mir haben wollte, damit er mir endlich die Scheiße aus dem Hirn vögeln könnte.

Ich vernahm ein Klicken und Schritte vom Erdgeschoss, dann Stille.

Dein Arsch ist für einen Psychopathen entblößt.

Das weißt du doch gar nicht. Er hätte wegen so vieler Dinge in dieser Anstalt gewesen sein können.

Mit sechzehn? Drogen. Selbstmordversuch. Depression.

Gewalt?

Ich hörte ihn auf den knarrenden Holzstufen, dann seine Füße, wie sie den Flur entlang kamen, dann nahm ich seinen Sägemehl-Geruch wahr.

»Sehr gut.« Seine Stimme kam von einer geringen Entfernung hinter mir. »Wenn ich dir sage, dass du nach oben gehen und dich bereit machen sollst, dann ist es das, was ich damit meine, okay?«

»Ja, Sir.«

»Wie war es? Das Warten?«

»Nicht meine Lieblingsbeschäftigung. Aber irgendwie auch gut, da ich einfach vor mich hingeschmort habe, mich gewundert habe, was du mit mir anstellen wirst.«

Er streichelte meinen Hintern, ließ seine Fingerspitzen sanft über meine Spalte gleiten und zwischen meine Schamlippen, berührte mich, wo ich am feuchtesten war. »Es erregt mich, wenn ich weiß, dass du hier oben bist und meinen Anweisungen Folge leistest.« Er legte beide Handflächen auf meine Backen. Ich spürte etwas in seiner rechten Hand.

Er presste seinen Mund gegen mich und ich stöhnte, sobald er die Stelle zwischen meinen Beinen küsste. Er schnellte mit seiner Zunge über meine Klitoris. Die Intensität, auch wenn ich wusste, dass ich noch nicht bereit war zu kommen, ließ mich kurzzeitig aufbuckeln. Es fühlte sich an, als könnte mich bereits eine Sanfte Brise zum Orgasmus bringen.

Er drehte mich auf meinen Rücken. Er hatte ein langes, braunes Lederband in seiner rechten Hand. Man hätte es wahrscheinlich bei einer Fransentasche oder als Schnürsenkel verwenden können, aber es war länger. Er sah mich abgebrüht an, als wäre ich ein Problem, dass er vorhatte zu lösen, dann fand er meine Augen. »Bist du bereit?«

»Die Antizipation bringt mich noch um.«

»Mich auch.« Er nahm mein linkes Handgelenk und legte es gegen mein linkes Knie, dann wickelte er das Lederband in der Form einer Acht darum und fesselte sie zusammen. »Zu eng?«

»Nein.«

Er machte einen Knoten, bevor er meinen Rücken anhob, um den Rest des Bandes unter mir durchzuziehen. Er zog daran, spielte mit der Länge, bis mein gefesseltes Knie und das daran befestigte Handgelenk, gespreizt waren. »Was ich noch sagen wollte«, sagte er, als er mein rechtes Handgelenk und das dazugehörige Knie zusammenbrachte, »wenn du ›*Stopp*‹ sagst, ist das für mich ausreichend, aber wir sollten uns auf ein Safeword einigen.« Er spreizte meine Beine, um die Länge des Lederbandes unter mir anzupassen und band dann meine rechte Seite zusammen. Das restliche Band ließ er neben dem Bett auf den Boden fallen.

»Tangerine«, sagte ich.

»Tangerine?«

»Ich bezweifle, dass du, was auch immer du gerade machst, aufrecht erhalten kannst, wenn ich Tangerine sage.«

»Geht klar, Klugscheißerin.« Er lehnte sich über mich und küsste mich so zärtlich auf die Lippen, dass ich am liebsten meine Arme und Beine um seinen Körper geschlungen hätte, aber das konnte ich nicht.

Er verließ das Bett und begutachtete mich. Ich konnte meine Beine weder schließen noch herunternehmen. Auch konnte ich meine Arme nicht bewegen. Ein Tropfen Flüssigkeit bahnte sich einen Weg entlang meiner Spalte und das Unbehagen darüber fühlte sich einfach exquisit an. Er lehnte sich erneut über mich und platzierte einen Kuss in dem Tal zwischen meinen Brüsten. Er bewegte seine Zunge einen Hügel hinauf, gelangte zu einem Nippel und saugte diesen dann sanft in seinen Mund. »Ich lausche«, flüsterte er. »Ich lausche deinem Atem, deinem Herzschlag. Ich lausche den Geräuschen, wenn deine Haut über das Laken rutscht. Wenn du irgendetwas brauchen solltest, dann sag es einfach. Ich werde zuhören.«

»Ich werde es dich wissen lassen.«

»Mit Worten.« Er saugte an dem anderen Nippel, der hart und aufgerichtet war. Er umfing ihn mit seinen Lippen und zog.

»Ich werde sagen, ›Geh verdammt nochmal von mir runter und bind mich los, du Tier‹, aber das werde ich nicht sagen, wenn du das machst. Das fühlt sich so gut an.«

»Und was ist damit?« Er bahnte sich mit Küssen einen Weg nach unten, umkreiste meinen Bachnabel mit dem Diamanten und bewegte sich dann weiter zu meinem linken Schenkel. Er leckte mit seiner Zunge über meine Fotze, nur um zu meinem rechten Schenkel zu gelangen.

»Das braucht ein Safeword.«

Er leckte mit der Spitze seiner Zunge über meine Klitoris. »Wie soll es lauten?«, fragte er, leckte dann erneut über meine Klitoris, bevor er sanft daran saugte.

»Oh, Gott.«

» ›Oh, Gott‹ dann also.« Er schob sich über mich, sein Schwanz berührte mein nacktes Geschlecht.

unterwerfen

Er küsste mich. Ich bewegte meine Hüften gegen ihn und er entfernte sich, hielt seine Eichel vor dem Eingang meiner Vagina und wartete. Er beobachtete, wie ich aufkeuchte, als er ein wenig dagegen drückte. Er musste einfach gespürt haben, wie ich mich um ihn zusammengezogen hatte, als hätte ich versucht, ihn einzusaugen.

»Bitte«, sagte ich. »Bitte fick mich. Sir, bitte.«

Er ließ seinen Schwanz so langsam in mich hinein gleiten, dass es sich anfühlte, als wäre er drei Meter lang. Zentimeter für Zentimeter, Haut an Haut, sanft an feucht, bis er das Ende erreicht hatte. Er presste sich an mich, bewegte sich, während meine Klitoris explodierte. Dann zog er sich genauso langsam aus mir zurück und das Gefühl machte sich im Hinblick auf das Verlangen des Verlustes als ein verzweifeltes Stechen bemerkbar. Die in die Länge gezogene Folter wurde weitergeführt, als er sich wieder hineingleiten ließ und ich konnte ihn nicht packen oder mich bewegen. All die anderen Male zuvor waren nur Kleideranproben gewesen für die Kontrolle, die es ihm jetzt abverlangte, als er mich mit diesen wohlüberlegten, gemütlichen Stößen und sanften Bewegungen gegen meine Klitoris folterte.

»Jonathan, Jonathan, Jonathan...« Ich hatte vergessen, ihn Sir zu nennen. Ich hatte alles vergessen. Ich konnte mich nur noch an seinen Namen erinnern.

Er gewann an Tempo, ließ sich auf mich fallen, auf ein gespreiztes Ding, offen, gefesselt, ein vollkommen williger Haufen aus Nervenenden und zuckendem, feuchtem Fleisch. Seine Bewegungen wandelten sich zu Stößen um, unkontrollierbares Ficken, das mich nah genug heranbrachte, um aufzuschreien.

Er verlangsamte sich, streckte seine Arme über mir aus und veränderte die Richtung seiner Bewegungen, damit ich seinen Schwanz fühlte, aber nicht genug, um mich zu einem Orgasmus zu stimulieren.

»Nein«, sagte ich in einem Ton, der so verzweifelt klang, dass selbst ich darüber schockiert war, diesen gehört zu haben.

»Ganz ruhig, Monica.«

»Gott.«

»Du gehörst mir. Deine Orgasmen gehören mir. Es ist mein Recht, dir Lust zu schenken.«

Ich wollte ihn verfluchen. Ich wollte Befriedung von ihm verlangen. Aber dieser Weg würde mir nicht dabei helfen, zu bekommen, was ich wollte. Und außerdem wollte ich nicht, dass es auf diese Weise endete. Ich wollte vollkommen gefügig sein. »Ja, Sir.« Es zu sagen, beruhigte mich.

»Atme langsam.«

Ich folgte dem, was er mir sagte.

Er rieb sich an mir, langsam, wie auch schon zuvor. »Sie mich an.«

Das tat ich, sah den Schweiß auf seinen Augenbrauen und die Befriedigung auf seinem Gesicht. Diese Befriedigung brachte mir die größte Erfüllung. Ich war dafür verantwortlich. Ich gab ihm, was er auch mir gab.

Als ob er meine Gedanken lesen könnte, lehnte er sich runter und küsste mich. »Wirst du für mich kommen?«, fragte er, seine Stimme tief und knurrend.

»Ja, der Orgasmus ist dein.«

»Mein«, flüsterte er.

Jetzt fickte er mich ohne Unterlass. Er fickte mich, als würde er es ernst meinen, gewalttätig, wild, rieb gegen die richtigen Zonen, als wäre dies der Weg, mit dem er sich selbst zur Erlösung bringen wollte. Meine Brüste bebten bei jeder Bewegung. Meine Fotze unter ihm war ein pulsierender Streifen Fleisch, eine Schneise der Lust. Dann, wie bei einem Einsatz der Feuerwehr, kam ich, Arsch und Fotze zogen sich immer wieder zusammen, als ich schrie und alles herausließ. Er machte weiter, schwebte über mir, stieß zu und mein Höhepunkt wollte nicht aufhören, so dass das Gefühl bereits die Grenze zwischen Lust zu Schmerz überschritten hatte. Ich kam erneut, warf ihm meine Hüften entgegen, als er seinen Mund öffnete und lauthals grunzte, gefolgt von einem stöhnen. Er drosselte das Tempo, rotierte noch einmal, bevor er sich, mit einer hebenden Brust und heißen Atemzügen gegen meinen Hals, auf mich fallen ließ.

Er griff mit seiner linken Hand hinter sich und löste die Fesseln um Handgelenk und Knöchel. Sie lösten sich mit einem Krampf. Er setzte sich auf und löste auch die andere Seite. Ich rieb über meine Handgelenke.

»Also?«, fragte er.

»Also, du warst erfolgreich. Du hast mich ruiniert.«

Er streifte die Haare aus meinem Gesicht und ich tat, was ich schon die ganze Zeit über machen wollte. Ich schlang meine Arme und Beine um seinen Körper.

fünfundzwanzig

Ich wachte langsam auf, begleitet von ein paar Sensationen: das Licht der Sonne, das durch meine Augenlider drängte, meine wunde Fotze und Jonathans Fingerspitzen, die über meine Hand streichelten, als ich auf seiner Brust ruhte. Als ich meine Augen schließlich öffnete, sah er mich an.

»Guten Morgen.«

Ich murmelte etwas und kuschelte mich an ihn heran.

»Musst du heute arbeiten?«, fragte er.

»Mittagsschicht.« Ich spreizte meine Hand auf seinem Brustkorb aus, schob sie nach oben und fühlte die kleinen Härchen zwischen meinen Fingern. »Danach muss ich ins *Frontage* gehen und sehen, ob wir etwas aushandeln können. Ich will dort ohne Gabby eigentlich gar nicht auftreten, aber ich will mich auch nicht dumm verhalten.«

Er zog mich über sich. »Nichts an dir ist dumm.«

Ich küsste ihn und dieser Kuss vertiefte sich und wurde drängender. Meine wunde Fotze zuckte, als ich spürte, wie er anschwoll. Seine Hände erkundeten meinen Körper, dann bewegte er diese zu meinen Armen, die er zu dem Kopfteil seines Bettes führte, bis ich gänzlich über ihm ausgestreckt war.

»Oh, Jonathan. Ich bin wund.«

»Ist das ein nein?«

»Sei einfach vorsichtig.«

Er ließ sich in mich hineingleiten, und es tat weh, ein köstlicher Schmerz. Ich nutzte das Kopfteil als eine Art Hebel und Jonathan übernahm die Kontrolle über meine Hüften, massierte dann meine Klitoris mit seinen Fingern, bis ich ihm einen süßen Orgasmus schenkte, der sich eher wie eine sanfte Sommerbrise angefühlt hatte, nicht aber wie ein Tornado.

Mit seinem Gesicht unter mir und während er seine eigene Erlösung fand, flüsterte ich mir zu: *Ich liebe dich, ich liebe dich, ich liebe dich.*

sechsundzwanzig

Meine Kleidung war wieder gewaschen worden und wartete auf mich, als ich aus der Dusche trat. Da ich mein gesamtes Leben auf einem Hügel und in einer abgefuckten Nachbarschaft verbracht hatte, war ich zuvor noch nie in den Genuss von wirklichem Wasserdruck gekommen. Außerdem schien ein gut funktionierender Wassererhitzer wichtig zu sein, wenn du eine nette hautverbrennende Dusche wolltest. Ich zog mir meine Kleidung über, fühlte mich so erfrischt, dass ich beinahe die Treppen runtergehüpft wäre, als ich Aling Mira sah, wie sie die Ecken fegte.

»Hi«, sagte ich.

»Guten Morgen.« Ihr Englisch war akzentuiert, aber es schien nicht so schlimm zu sein.

»Haben Sie meine Kleidung gewaschen?«

»Mister Drazen hat sie für mich hingelegt. Ich stehe früh auf und mache es dann.«

»Dankeschön. Das war wirklich sehr nett von Ihnen.«

»War mir ein Vergnügen. Ich habe im Salon Tee für Sie vorbereitet.«

»Im was?«

Sie stellte ihren Besen gegen die Wand und machte klar, dass ich ihr folgen sollte. Wir gingen ins Erdgeschoss, ins Wohnzimmer und durch einen überwölbten Gang, den ich zuvor noch nicht bemerkt hatte, an einem kurzen Foyer vorbei und auf eine geschlossene Veranda, die sich seitlich am Haus befand und einen Blumengarten überblickte. Ein silbernes Teeservice stand auf dem niedrigen Tisch. Ich konnte Jonathan in einem angrenzenden Raum am Telefon reden hören, wusste aber nicht genau wo sich dieser Raum befand. Aling Mira verwies auf die Couch.

Ich setzte mich hin. »Danke.« Ich nahm die Teekanne hoch, um sie wissen zu lassen, dass ich das Eingießen übernehmen würde.

Sie nickte, lächelte und verschwand. Ich realisierte, dass Jonathans Stimme durch die Schiebetüren aus Holz kam, die sich an der Seite dieses Raumes befanden. Das Gezwitscher der Vögel am Morgen war ohrenbetäubend und auch wenn es eine willkommene Rauschstörung war, um mich von Jonathans Telefonat abzulenken, war seine Stimme doch schneidend. Er schien alles andere als glücklich. Ich versuchte mir selbst zu sagen, dass ich nicht lauschte, aber als ich meinen Namen hörte, hörte ich mit dem Vortäuschen auf und bemühte mich, das Gezwitscher der Vögel auszublenden.

»Jess«, sagte er, »das bist nur du, die Angst vor dem Alleinsein hat.« Pause. »Nein, das wirst du nicht. Das ist richtig. Ich sage dir, wie ich mich fühle.«

Es gab eine lange Pause, in der ich meinen Tee trank und darauf hoffte, dass die Unterhaltung bald vorbei wäre, aber stattdessen wurde Jonathans Stimme lauter.

»Wage es dir ja nicht.« Pause. »Jessica, lass mich hier etwas klarstellen. Falls du irgendetwas in dieser Richtung machen solltest, werde ich dich vernichten. Ich. Werde. Dich. Vernichten.«

Diese Stimme. Es war die Sägemehl und Leder Stimme. Die Stimme, die mich dazu brachte widerspruchslos meine Beine zu spreizen oder mich von der Hüfte aufwärts nach vorne überzubeugen. Ich hatte ihn diese Stimme noch nie außerhalb eines sexuellen Zusammenhangs benutzen hören. Danach wurde der Ton zu tief, um noch etwas hören zu können, bevor die Türen schließlich aufglitten.

Er kam hereingelaufen, als wäre eine Decke der Einsamkeit über ihn ausgebreitet und im Nacken verknotet worden. »Du bist schon auf«, sagte er.

»Es ist noch Tee übrig, falls du welchen willst.«

Er kam näher, bis er über mir ragte. »Wie viel hast du davon gehört?«

»Ich weiß, wer es war, aber nicht um was es ging.«

Er sagte nichts, dann kniete er sich vor mich hin, zwischen meine Beine und dem Tisch. Ich legte meine Hand auf seine Wange und lehnte mich nach vorne. Seine Augen schimmerten in einem besorgten Grün und sein Mund war zu einer geraden Linie zusammengepresst.

»Jonathan, was ist denn los?«

»Ich werde es niemandem erlauben, zwischen uns zu kommen. Ich will, dass du das weißt.«

»Das wird sie nicht, solange du sie nicht lässt.«

»Falls sie irgendetwas zu dir sagt, musst du damit auf der Stelle zu mir kommen. Verstehst du das?«

»Was ist passiert, Jonathan?«

»Sag mir einfach, dass du mich anrufen wirst.«

»Ich verstehe nicht.« Ich hielt sein Gesicht in meinen Handflächen, streichelte mit meinen Daumen über seine Wangen.

»Wo auch immer ich mich gerade in der Welt aufhalten sollte, bevor du denkst, dass du irgendetwas weißt, wirst du mich anrufen. Sag, dass du es machen wirst.« Er benutzte nicht seine gebieterische Stimme, sondern die Stimme eines Mannes, dem es verzweifelt danach verlangte, getröstet zu werden.

»Das werde ich.«

Er rieb seine Handflächen über meine Schenkel und dann hoch zu meiner Taille. Er legte seinen Kopf in meinen Schoß und sagte nichts, als ich ihm durch seine Haare streichelte und eine Melodie summte, die mich an die Rhythmen seiner Stimme erinnerte.

Wir verweilten in dieser Position, ich auf der Couch, summend, und er vor mir auf seinen Knien, lange nachdem der Tee bereits kalt geworden war und die Vögel an diesem Morgen für den restlichen Tag in Schweigen verfallen waren.

***

Damit endet Sequenz Eins.

***

Du kannst mich auf Pinterest, Tumblr, Twitter, Goodreads und Instagram finden.

Um auf dem Laufenden zu bleiben, suche *CD Reiss auf Facebook.*

Bei Fragen: cdreiss.writer@gmail.com.

Und, falls du irgendwelche Gefühle hattest, während du das Buch gelesen hast, die du gerne teilen möchtest, dann würde ich mich über eine Rezension sehr freuen.

Oh, und registriere dich für den Newsletter.

Printed in Poland
by Amazon Fulfillment
Poland Sp. z o.o., Wrocław